청소년을 위한

청소년을 위한

이솝
우화

초판 1쇄 | 2014년 5월 20일 발행
　　2쇄 | 2017년 12월 20일 발행

지은이 | 이솝
옮긴이 | 이동진
펴낸곳 | 해누리
펴낸이 | 김진용
편집주간 | 조종순
디자인 | 신나미
마케팅 | 김진용

등록 | 1998년 9월 9일(제16-1732호)
등록 변경 | 2013년 12월 9일(제2002-000398호)

주소 | 서울시 영등포구 당산로 20길 13-1
전화 | (02)335-0414　팩스 | (02)335-0416
E-mail | haenuri0414@naver.com

ⓒ 이동진, 2014

ISBN 978-89-6226-045-8 (03890)

Aesop's Fables

청소년을 위한

이솝 지음 · 이동진 옮김

차례

놀라운 재치와 풍부한 상상력으로 쓰여진 이솝우화는 어른이나 아이를 막론하고 누가 들어도 재미있고, 내용이 심오해서, 고대 그리스 시대부터 현재에 이르기까지 2500여 년 동안 전세계 독자들에게 끊임없는 사랑을 받고 있는 지혜서이다.

짧은 토막 이야기로 구성된 이솝우화는 이야기마다 각기 다른 삶의 지혜와 도덕적 교훈이 담겨 있어 시대와 국가를 초월하여 교육교재로 많이 이용되고 있다.

그리스의 여러 도시 국가에서는 수사학 선생들이 문법, 문장 스타일, 윤리와 도덕에 관한 토론을 위해 이솝우화를 이용했고, 유럽에서는 2천년 동안 문법과 작문의 교과서로 사용되었으며, 중세에는 젊은이들에게 윤리와 도덕을 가르치는 교육 교재로 널리 활용되었다.

이솝우화는 크게 사람편, 신화편, 동물편, 세 부분으로 나뉘는데, 가장 많이 알려진 것은 동물우화이다. 동물우화는 지금으로부터 4천년 전 메소포타미아 지방에서 발생하여 중동지역, 그리스, 로마제국 등에 널리 퍼진 것으로, 각 나라의 문화와 특색에 따라 이야기가 변형되어 전해져 내려온 것을 수집한 것으로 알려져 있으며, 인간의 사악한 본성을 풍자하기 위한 목적으로 쓰여진 것이다.

　우화에 등장하는 동물들은 인간군상을 보여주기 위한 것으로, 여우는 꾀가 많고, 이기적이며, 교활한 기회주의자를 비유한 것이고, 사자는 나약하고 힘없는 자들을 이용한 후 버리는 악랄한 지도자층을, 당나귀는 고집이 세고 어리석은 사람을 비유한 것이다.

　이 외에도 등장하는 동물들이 각자 고유의 특성을 살려 우스꽝스러운 인간 사회와 인간의 본성을 조롱하고 있다. 그렇기 때문에 이솝우화는 스토리 자체보다는 그 안에 숨겨져 있는 메시지가 더욱 중요하다.

　20세기에 이솝우화를 다시 편집한 잭 자이프스는 '이솝우화가 적자생존의 법칙이 존재하는 경쟁사회에서 힘없고 의지력이 약한 자는 스스로 방어하는 방법을 배우지 않으면 파멸한다는 교훈을 가르치고 있다'고 지적했다.

　이솝이 살던 고대가 신분 계급의 차별이 엄격하고 정글의 법칙이 적용되는 사회였다는 점을 고려하면 수긍이 가는 대목이다. 이솝이 우화를 통해 우리에게 던지는 메시지는 인간이 과연 동물보다 더 우월한 존재인지, 인간성은 짐승의 본능과 어떤 차이가 있는지에 대한 근본적인 물음이다. 이솝은 이 문제에 대해 직접적인 해답을 제시하지는 않

았지만, 인간이 다른 인간을 노예처럼 지배하는 한, 해답은
나오지 않을 것이다.

　이솝에 대한 기록은 아주 다양하다. 그리스 역사가 헤로
도투스는 이솝이 기원전 620년경 그리스의 사모스 섬에서
노예의 신분으로 태어났으나 노예에서 풀려난 후 그리스
왕의 보좌관이 되었다고 기록하고 있고, 플루타르크스는
이솝이 기원전 6세기에 리디아의 왕 크로에수스의 보좌관
을 지냈다고 기록했다.
　기원후 1세기 이집트의 기록에는 이솝이 그리스 사모스
섬에서 노예로 살다가 해방되어 바빌론으로 이주했고, 리
쿠르쿠스 왕의 수수께끼를 푸는 전문가로 일하다가 그리스
의 델피에서 죽었다고 되어 있으며, 기원전 620년경 소아
시아 프리기아 지방의 수도인 코티에움에서 태어나 기원전
560년(또는 564년)에 60세로 죽었다는 설도 있다.
　또한 그가 그리스의 메셈브리아에서 출생하여 아테네로
이주한 뒤 유명해졌다는 기록과 아테네의 독재자 페이시스
트라토스를 모욕하고, 델피의 신탁을 모독한 죄 때문에 히
파니아 절벽 아래로 던져지는 형을 당했다는 기록도 전해
지고 있다.

　고대의 여러 기록에서 공통적으로 드러나는 점은 이솝이 노예 출신이라는 것과 왕의 보좌관을 지낼 정도로 해박한 지식과 지혜를 지닌 인물이라는 것이다.

　그러나 이렇게 많은 자료에도 불구하고, 이솝이 실제 인물이 아니라 동물우화의 저자로 알려진 허구의 존재라는 기록도 전해지고 있다. 이솝우화에 담긴 우화들은 이솝 자신이 직접 기록해 놓은 것이 아니기 때문에, 이야기의 원형을 복원하는 것은 불가능하다.

　현재까지 전해지는 우화들은 기원전 300년경 그리스의 저명한 정치가이자 웅변가인 데메트리오스가 극작가 아리스토파네스, 철학자 플라톤과 아리스토텔레스 등의 저서에 단편적으로 수록되었던 것을 중점으로 여러 국가에 흩어져 있는 우화를 수집하여 편찬한 〈이솝우화 모음집〉에서 비롯된 것이다.

　〈이솝우화 모음집〉은 1200년 동안 전해지다가 기원후 9세기에 없어졌지만, 라틴어판 이솝우화를 새로 편찬하는 데 큰 영향을 끼쳤다.

　기원후 1세기에 로마에서 편찬된 라틴어판 이솝우화는 로마제국의 아우구스투스 황제가 해방한 그리스 노예 페드루스가 라틴어로 새롭게 편집한 것으로, 이 책이 출간된 후로 많은 작가들이 이솝우화의 영향을 받아 우화를 집필했다. 세계적인 작가 라 퐁테느, 조나단 스위프트, 벤자민 프랭클린, 랠프 왈도 에머슨, 레오 톨스토이, 로버트 루이스 스티븐슨, 오스카 와일드, 장 아누이, 알베르토 모라비아 등이 우화 창작에 참여했으며, J.J. 그랑빌, 구스타프 도레, 샤갈 등 유명한 화가들이 삽화를 그렸다.

플라톤의 기록을 보면 이솝우화가 그 시대에 끼친 영향을 더 절실히 느낄 수 있다. 플라톤은 '소크라테스가 감옥에 갇혀 처형을 기다리는 동안 산문으로 된 이솝우화를 시의 형태로 다시 저술하려고 했다'는 내용을 자신의 수필집에 기록했다.

이솝우화는 아이들을 위한 것이 아니라 어른들의 토론을 위한 재료가 되었으며, 더 나아가서는 삶의 지침서 역할을 했다. 이솝우화가 어린이들의 전유물이 된 것은 18세기부터이다. 영국의 시인 존 뉴베리의 동시(童詩) '이솝우화'가 인기를 끌자, 어려운 문법과 문장 스타일, 윤리와 도덕적인 메시지보다는 스토리에 비중을 둔 어린이용 이솝우화가 출간되었고, 아동문학으로 자리잡게 된 것이다.

해누리판 〈이솝우화〉는 모두 374편으로, 이야기 말미에

번역자의 해설을 덧붙여 독자들로 하여금 다양한 각도로 내용을 이해할 수 있도록 했다. 또한 프랑스의 대표적인 화가 J. J. 그랑빌과 구스타프 도레의 삽화 100장을 본문에 실어 내용에 흥미를 더했으며, 아이들과 어른들이 함께 읽을 수 있도록 편집했다.

독자 여러분이 고정관념을 깨고 이솝우화를 읽는다면, 짧은 이야기 속에 담겨 있는 도덕적인 교훈과 치열한 경쟁 사회에서 살아남는 지혜와 처세를 배울 수 있을 것이다.

〈편집자〉

운명을 피하지 말고 당당하게 맞서라

1

1 이슬 먹는 당나귀

매미들의 노래 소리에 감동받은 당나귀는 그들의 재주를 몹시 부러워했다. 당나귀가 매미에게 물었다.
"뭘 먹으면 그렇게 아름다운 노래를 부를 수 있어?"
"이슬!"
당나귀는 매미가 이슬만 먹는다는 소리를 듣고 며칠 동안 이슬이 내리기만 기다리다 굶어죽고 말았다.

제 분수를 모르고 지나치게 욕심을 부리면 큰 화를 당한다

 2 하늘을 날고 싶은 거북이

거북이가 독수리에게 하늘을 나는 법을 가르쳐달라고 애걸했다. 독수리는 거북이에게 말했다.
"넌 하늘을 날 수 있도록 태어나지 않았어. 내가 하늘을 나는 방법을 가르쳐 줘도 넌 절대로 하늘을 날 수 없을 걸? 네가 하늘을 난다는 건 말도 안 되는 일이야."
이 말을 듣고도 거북이는 독수리에게 더욱더 매달렸다. 할 수 없이 독수리는 거북이를 발톱으로 채어서 하늘 높이 날아간 후 거북이를 놓아주었다. 거북이는 바위에 떨어져 산산조각이 나고 말았다.

지혜로운 사람의 충고를 무시하면 큰 화를 입는다

3 여우의 지혜

사자가 양을 불러서 자기 입에서 고약한 냄새가 나는지 물었다. 양은 냄새를 맡아본 후 '냄새가 고약한데요'라고 말했다. 사자는 화가 나서 '이 똥항아리 같은 놈!' 하고 양을 물어 죽였다.

이어 사자는 늑대를 불러서 똑같은 질문을 던졌다. 늑대는 눈치를 살피면서 '아무 냄새도 안 나는데요'라고 말했다. 사

자는 화가 치밀어 '이 아첨꾼!' 하고 물어 죽였다.

이번에는 사자가 여우를 불러 똑같은 질문을 던졌다. 그러자 여우는 대뜸 '죄송합니다만 전 지금 감기에 걸려서 아무 냄새도 맡을 수가 없군요' 라고 말했다.

현명한 사람은 위기를 미리 알고 대처한다

친구를 배신한 독수리

독수리와 여우가 친구가 되기로 약속하고 집을 가까운 곳으로 옮겼다. 가까이 살면 우정이 더욱 두터워질 것이라고 믿은 것이다. 독수리는 하늘 높이 날아가서 나무 위에 둥지를 틀었다. 여우는 나무 밑둥에 굴을 파서 보금자리를 만들었다.

그러던 어느 날 여우가 먹이를 구하러 나간 사이에 독수리는 여우 굴로 내려가서 여우 새끼들을 채어다가 먹어치우고 말았다. 집으로 돌아온 여우는 새끼들의 죽음도 슬펐지만, 복수할 방법이 전혀 없다는 사실이 더욱 분했다.

땅에서 기어다니는 짐승이 날개 달린 독수리를 어떻게 추격할 수가 있단 말인가! 절망에 빠진 여우는 멀리서 자기 원수를 저주하는 것으로 만족해야 했다.

얼마 후 독수리는 친구를 배신한 죄 값을 톡톡히 치르게 되었다. 사람이 들판에 모여 제대 위에 염소를 올려놓고 제사를 지내고 있을 때, 독수리는 그 제대를 향해 내려가 불에 타고 있는 내장 몇 점을 채어서 자기 둥지로 돌아갔다. 강한 바람이 불자 내장에 붙어 있던 불이 둥지에 옮겨 붙었다.

아직 날 수 없었던 독수리 새끼들은 발버둥치다가 땅으로 추락하고 말았다. 그 광경을 지켜보고 있던 여우는 어미 독수리가 보는 앞에서 그 새끼들을 잡아먹었다.

친구를 배신한 사람은
결코 하늘의 벌을 피할 수가 없다

 5 어리석은 말과 당나귀

어느 날 짐을 잔뜩 싣고 가던 당나귀가 빈 몸으로 가는 말에게 말했다.

"짐이 너무 무거워 죽을 지경이니 좀 거들어주지 않겠니?"

말은 당나귀의 말을 들은 체도 하지 않았다. 마침내 당나귀는 지쳐서 죽게 되자, 주인은 당나귀의 짐을 모두 말에 옮겼을 뿐만 아니라, 죽은 당나귀의 가죽까지 실었다. 말은 탄식하면서 이렇게 말했다.

"가벼운 짐을 마다했더니 덤테기를 몽땅 썼구나."

어려운 이웃을 돕는 것은 결국 자기를 돕는 일이다

6 뼈 있는 말

이솝이 어느 날 조선소를 찾아갔다.

목공들이 그를 놀리며 재미있는 이야기를 해달라고 부추기자 이솝이 입을 열었다.

"태초에는 혼돈과 물 이외에 아무 것도 없었소. 그러나 제우스가 땅을 절실히 원했기 때문에 땅에게 바다를 세 번 삼켜버리라고 명령했소. 제우스의 명을 받들어 땅이 한 번 바다를 삼키자 산이 생겼고, 두 번 삼키자 평야가 생겼소. 땅이 바다를 세 번 삼킨다면 당신들은 실직자가 되고 말거요."

자기보다 더 영리한 사람을 조롱하면 큰코 다친다

7 지혜로운 제비

겨우살이가 자라나기 시작하자, 제비는 새들에게 닥칠 위험을 알아차렸다. 그래서 모든 새들을 불러모은 뒤 상수리나무에서 자라는 겨우살이를 빨리 잘라버리라고 충고했다.

겨우살이를 잘라버릴 수가 없다면, 사람들에게 도망친 다음 그들에게 겨우살이에서 짜낸 끈끈이로 새들을 잡지 말아달라 간청하라고 말했다. 다른 새들은 제비가 망령이 들었다고 비웃었다.

하지만 제비는 사람들에게 가서 함께 살게 해 달라고 빌었다. 사람들은 영리한 제비를 환영하고 자기들의 집에 피난처를 마련해 주었다.

이렇게 해서 다른 새들은 사람들에게 잡아 먹히게 되었고, 사람들의 보호를 받는 제비는 심지어 그들의 지붕 아래 둥지를 틀면서도 겁을 내지 않게 되었다.

미래를 내다보는 사람이 위험을 피할 수 있다

 ## 8 부잣집 딸의 죽음

어떤 부자에게 딸이 둘 있었는데, 어느 날 우연한 사고로 둘째 딸이 죽었다. 부자 아빠는 상가집에서 돈을 받고 곡을 해 주는 사람들을 고용했다. 첫째 딸이 엄마에게 말했다.

"우린 너무나도 비참해요. 우리와 아무런 관계도 없는 사람들마저도 저렇게 가슴을 치고 통곡하면서 우는데, 정작 가족을 떠나보낸 우리는 어떻게 울어야 할지도 모르고 있으니, 이 얼마나 비참한 일이에요."

어머니가 딸을 다독거리며 말했다.

"애야. 그렇게 생각할 것 없다, 저 여자들이 기절할 것처럼 통곡하는 것은 돈 때문에 그런 거니까."

남의 불행을 이용해 이득을 보려는 사람도 있다

9 독수리와 투구풍뎅이

독수리에게 추격당하고 있던 산토끼가 더이상 달아날 수가 없는 절박한 상황에 이르자 투구풍뎅이에게 살려달라고 애걸복걸했다.

투구풍뎅이는 산토끼를 안심시키고는 독수리가 다가오자 산토끼를 살려달라고 빌었다. 독수리는 몸집도 작고 별 볼일 없어 보이는 투구풍뎅이를 무시한 채 그가 보는 앞에서 산토끼를 잡아먹고 말았다.

적개심을 품은 투구풍뎅이는 독수리가 둥지를 틀 때마다 그 장소를 알아내 잠입한 뒤, 독수리가 알을 낳으면 뒷다리로 밀어내어 둥지 밖으로 떨어뜨렸다. 독수리 알은 땅에 떨어져 으깨졌다.

그 독수리는 제우스 신에게 바쳐진 신성한 존재였기 때문에, 제우스 신에게 둥지를 틀 수 있는 안전한 장소를 가르쳐달라고 간청했다.

제우스는 자기 무릎 위에 알을 낳도록 허락했다. 독수리의 새로운 둥지를 알아차린 투구풍뎅이는 똥을 작은 알약처럼 만든 다음 하늘 높이 날아올라 제우스 신의 무릎에 떨어뜨렸다. 제우스 신이 자리에서 벌떡 일어나자, 독수리 알이 바닥에 떨어져 깨졌다. 그 이후로 독수리는 투구풍뎅이가 나타나는 계절에는 절대로 알을 낳지 않는다고 한다.

다른 사람을 절대로 무시하지 마라

10 장님의 손길

무엇이든지 손의 촉감으로 물건을 정확히 알아맞추는 장님이 있었다.

어느 날 그의 능력을 신기하게 생각한 소년이 그에게 늑대 새끼를 건네 주었다. 장님은 그것을 더듬더듬 만진 후에 자신이 없다는 투로 말했다.

"이게 늑대 새끼인지 여우 새끼인지, 아니면 그와 비슷한 짐승의 새끼인지 난 잘 모르겠소. 그러나 한 가지 확실한 것은 양떼와 같은 우리에 넣어서는 안 된다는 것이오."

악한 본성은 감추려고 해도 드러나는 법이다

11 코미디언과 농부

어느 부자가 가장 독특한 연기를 하는 배우에게 큰 상금을 주겠다고 선언했다. 그 소문을 들은 사람들이 극장으로 구름같이 몰려들었다.

한 코미디언이 무대에 올라가더니 고개를 푹 숙인 채 어린 돼지가 비명을 지르는 소리를 흉내냈다. 사람들은 그가 돼지를 외투 속에 감추고 있다고 생각하고 몸을 뒤졌지만 아무 것도 나오지 않았다. 사람들은 모두 박수갈채를 보냈다. 그것을 본 한 농부가 돼지를 외투 속에 감추고 무대에 올라간 뒤 돼지의 귀를 비틀었다. 돼지가 비명을 질렀으나 청중들의 반응은 냉담했다. 농부는 외투를 펼쳐 보이며 돼지를 보여준 뒤 이렇게 말했다.

"가짜 돼지 소리에 박수를 치더니, 왜 진짜 돼지 소리에는 반응을 보이지 않는 거요? 당신들 판단력은 정말 형편 없군!"

논리로 상대방을 설득하기보다는
그의 감각을 속이는 것이 더 쉽다

12 푸줏간 주인

청년 둘이 푸줏간에서 고기를 사고 있었다. 주인이 등을 돌린 사이에 한 청년이 귀와 다리 부분을 옆에 있는 청년의 외투 주머니에 몰래 넣었다. 몸을 돌린 주인은 고기가 사라졌다는 것을 알고 청년들을 의심했다.

고기를 훔친 청년은 맹세코 자신이 도둑질을 하지 않았다고 했고, 옆에 있던 청년 또한 고기를 가져가지 않았다고 맹세했다. 두 사람의 마음을 꿰뚫어본 주인은 이렇게 말했다.

"거짓 맹세로 나를 속일 수는 있을지 몰라도, 신은 속일 수 없다는 걸 명심하라구!"

교묘하게 상대를 속여도 나쁜 행위 자체가 사라지는 것은 아니다

13 미래를 모르는 사람들

큰 배가 항해에 나섰다. 넓은 바다에 이르자 엄청난 폭풍우가 불어닥쳐 배가 가라앉을 위험에 처했다. 그들은 각자 옷을 찢고 자기 나라에서 섬기는 신의 이름을 부르면서, 배가 무사하게 된다면 감사의 표시로 많은 제물을 바치겠다고 맹세했다.

이윽고 폭풍우가 멎고 파도가 잔잔해졌다. 그들은 기뻐 날뛰면서 춤을 추었다. 그러자 키를 잡고 있던 현명한 선원이 나서서 이렇게 타일렀다.

"여러분, 기뻐하는 건 좋습니다. 그러나 앞으로 또 폭풍우를 맞이할지도 모르는 그런 사람처럼 기뻐합시다."

지나친 흥분은 이성을 잃게 만든다

14 불가능한 일

한 남자가 가난과 병고에 시달려 더이상 살 가망이 없었다. 의사들이 모두 그를 포기하려 하자, 그는 신들에게 하소연했다.

"만일 제 병이 완쾌된다면 신들에게 황소 백 마리를 제물로 바치고, 다른 물건들도 신전에 바치겠습니다"

곁에서 그 말을 듣고 있던 아내가 물었다.

"황소 백 마리가 어디 있다고 제물로 바친다는 거요?"

"당신은 내가 맹세를 지킬 만큼 건강해질 거라고 믿는 거요?"

사람은 지키지도 못할 약속을 쉽게 한다

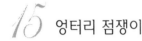 엉터리 점쟁이

어느 점쟁이가 시장 골목에서 점을 치고 있었다. 갑자기 다른 사람이 그에게 달려와서 그의 집 문이 열려 있고, 모든 재산이 사라졌다고 알렸다.

소스라치게 놀란 점쟁이가 벌떡 자리에서 일어나더니 무슨 일이 일어났는지 알아보려고 허겁지겁 집으로 달려갔다. 지나가던 사람이 그가 달려가는 것을 보고 이렇게 말했다.

"다른 사람들의 앞날을 잘 안다는 사람이 자기에게 무슨 일이 닥칠지 모르다니!"

남의 일에 참견하기 전에 자신의 일에 충실하라

16 까마귀 때문에 죽은 아이

한 여인이 점쟁이를 찾아가 어린 아들의 운명을 물었다. 점쟁이는 까마귀가 그 아이를 죽일 것이라고 예언했다. 겁에 질린 여인은 커다란 궤짝을 만들어 까마귀가 아이를 죽이지 못하게 아들을 넣고 다녔다. 매일 일정한 시각에 그녀는 뚜껑을 열고 아이에게 필요한 음식을 주었다.

어느 날 그녀가 궤짝의 뚜껑을 열 때, 아이가 어리석게도 머리를 내밀었다. 그 때 공교롭게 까마귀처럼 생긴 궤짝 손잡이가 아이의 머리 위에 떨어져 그 아이가 죽고 말았다.

남의 말을 곧이곧대로
듣지 말고 살을 붙이는 지혜를 가져라

17 허풍쟁이

어떤 남자가 5종경기에 출전했는데, 동료들은 그를 계속 비겁하다고 비난했다. 그는 비난을 참지 못하고 외국으로 떠났다.

얼마 후 다시 돌아온 그는 외국에서 배운 엄청나게 놀라운 기술을 보여주겠다고 자랑하며 큰소리로 떠들고 다녔다. 가장 놀라운 것은 그가 로도스 섬에서 보여준 높이뛰기 실력인데, 올림픽에서 금메달을 딴 선수보다 더 높이 뛰어오를 수 있다고 주장했다. 그는 자기 실력을 직접 눈으로 본 그 나라 친구들을 증인으로 세울 수도 있다고 덧붙였다.

그러자 곁에 서 있던 사람이 이렇게 말했다.

"당신 말이 사실이라면 증인을 내세울 필요가 뭐 있겠소. 여기가 로도스 섬이라고 생각하고 한 번 높이 뛰어보시오."

실력있는 자는 말보다는 행동으로 실력을 보여준다

18 사자그림의 저주

겁이 많은 노인이 있었다. 그는 하나밖에 없는 아들이 사냥에 빠져 있는 것이 걱정거리였다.

그의 아들은 용기가 뛰어난 청년이었지만, 노인은 매일밤 아들이 사자에게 잡아먹히는 꿈을 꾸었다. 그 꿈이 현실로 나타날까 두려워진 노인은 아들을 위해 매우 높은 곳에 넓고 화려한 거실을 만들어 주고 날마다 아들을 감시했다.

그는 아들을 기쁘게 해주기 위해 유능한 화가를 시켜 거실과 방에 여러 동물을 그림으로 그리게 했다. 그 중에는 사자 그림도 있었다. 그러나 아무리 그림을 쳐다보아도 아들의 기분은 좋아지지 않았고 권태롭기만 했다.

하루는 아들이 벽에 그려진 사자 그림 앞으로 다가가 그림 속 사자를 저주했다.

"이 빌어먹을 놈아! 네가 우리 아버지 꿈에 나타나서 내가 지금 이 고생을 하고 있다. 내가 왜 감옥 같은 곳에 갇혀 있어야 하느냐구. 그러니 내가 널 어떻게 처치해 줄까?"

그는 사자의 눈을 멀게 하려고 주먹으로 그림을 쳤는데, 파편이 손톱 밑에 박히고 말았다. 파편은 쉽게 빠지지 않았고 손가락은 점점 심하게 곪아갔다. 손이 퉁퉁 붓고 열이 점점 올라 아들은 결국 죽고 말았다. 비록 그림 속의 사자이긴 했지만 아버지의 꿈이 현실로 나타난 것이었다.

운명을 피하지 말고 당당하게 받아들여라

19 플루트를 부는 어부

플루트 연주를 잘 하는 어부가 있었다.

어느 날 어부는 바위에 걸터앉아 플루트를 불기 시작했다. 어부는 물고기들이 자기 연주에 심취되면 물 위로 뛰어오를 것이라고 생각했다. 그러나 아무리 열심히 플루트를 불어도 물고기는 한 마리도 얼씬하지 않았다.

화가 난 어부는 연주를 그만두고 그물을 바닷물에 던졌다. 그러자 놀라울 정도로 많은 물고기가 그물에 걸려들었다. 어부는 물고기들을 꺼내 모래밭에 던졌다. 물고기들은 춤추듯 온 몸을 뒤틀었다.

"망할 놈의 물고기들! 내가 플루트를 연주할 때는 꼼짝도 않더니, 이제 와서 춤을 춰!"

어리석은 자는 모든 잘못을 남의 탓으로 돌린다

20 세 가지 직업

전쟁이 일어나기 바로 직전, 각 도시마다 사람들이 모여 전쟁에 대비하기 위해 긴급 대책을 세웠다.

벽돌 쌓는 직공은 방벽을 쌓는 데는 벽돌이 최고라고 말했고, 목수는 벽돌을 쌓는 데 시간이 많이 걸리기 때문에 나무로 방어벽을 세우는 것이 좋다고 말했다. 그러자 가죽을 만드는 사람이 일어나서 말했다.

"여러분, 세상에 가죽보다 더 좋은 게 어디 있겠습니까? 안 그렇습니까?"

자기 생각만 고집하면 대사를 그르친다

21 무능한 선생

강가에서 목욕하던 아이가 발을 헛디뎌 깊은 강물에 빠졌다. 아이는 허우적거리며 살려달라고 외쳤다. 마침 그곳을 지나가던 선생이 아이의 목소리를 듣고 달려갔다.

"거기서 뭐 하는 거니? 그렇게 위험한 곳에서 놀면 어떡하니? 그러다 빠져 죽어."

"선생님! 우선 저를 구해주세요. 제 목숨부터 구해주고 나서 야단쳐도 되잖아요!"

무슨 일이든 거기엔 순서가 있다

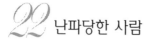

22 난파당한 사람

난파당한 남자가 바닷가에서 잠이 들고 말았다.

얼마 후 잠에서 깨어난 그는 바다를 향해 고함을 지르며 비난했다. 바다가 잔잔한 물결로 사람들을 유인한 후 큰 물결로 사납게 변해 사람을 삼켜버린다고 생각했기 때문이다.

그가 바다를 향해 욕을 퍼붓자 바다가 이렇게 말했다.

"이봐! 당신이 난파당한 건 내가 당신을 홀린 게 아니라 일순간에 불어닥친 바람 때문이오. 날 원망하지 말고 바람을 원망하란 말이오. 조용히 있는 내게 바람이 사전 경고도 없이 달려들어 나를 미쳐 날뛰게 변화시킨 것이오. 그러니 바람을 원망하시오."

하나만 보고 속단하지 마라

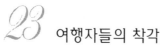

23 여행자들의 착각

벼랑길로 터벅터벅 걸어가던 사람들이 산꼭대기에 이르렀다. 잔가지 더미가 바다에 떠있는 것이 보였다. 그들은 그것이 군함이라고 착각하고 배가 해안선에 닿기를 기다렸다. 그런데 잔가지 더미가 바람에 밀려서 가까이 다가오자, 그들은 그것이 군함이 아니라 화물선이라고 생각했다.

얼마 후 그들이 바닷가로 내려가서 그것이 잔가지 더미에 불과하다는 것을 확인했다. 그러자 모두 이렇게 말했다.

"아무 것도 아닌 것을 대단한 것으로 착각했다니, 우리가 어리석었구나!"

모든 사물이나 사건을 자세히
들여다 보면 아무 것도 아닐 때가 많다

24 숯불 피우는 사람과 옷감을 가공하는 사람

숯불을 피우는 사람이 일을 하다가 마침 옷감을 가공하는 사람이 근처로 이사왔다는 소식을 듣게 되었다. 그는 새로 이사온 사람을 찾아가서 한 방을 쓰면 생활비가 훨씬 절약된 다면서 같이 살자고 권했다.

그러나 옷감을 가공하는 사람이 이렇게 말했다.

"말도 안되는 소리요. 내가 깨끗이 청소하고 나면, 당신은 분명 시커먼 검댕으로 더럽힐 것입니다."

상반되는 것은 결합되지 않는다

25 권투선수와 벼룩

어느 날 벼룩이 펄쩍 뛰어오르더니 병든 권투선수의 엄지
발가락을 물어뜯었다.

화가 치민 권투선수는 벼룩을 짓눌러 죽이려고 손을 바삐
움직였지만, 벼룩은 잽싸게 달아나 죽음을 면했다. 지친 권
투선수는 한숨을 쉬면서 말했다.

"오, 헤라클레스여! 저 벼룩을 없앨 수 있는 힘을 주신다
면, 다음 경기 때는 당신께 아무 것도 바라지 않겠습니다."

사소한 일조차 신의 도움을
요청하는 건 어리석은 짓이다

26 엉터리 의사

의사로부터 몸이 어떠냐는 질문을 받은 환자가 땀을 아주
많이 흘린다고 대답했다. 의사는 이렇게 대꾸했다.

"땀이 많이 흘리는 건 좋은 증세입니다."

다음 날 의사는 같은 환자에게 몸이 어떠냐고 묻자, 환자
는 오한이 심해서 온몸이 부들부들 떨린다고 대답했다.

"아, 그래요? 아주 좋은 증세입니다."

세 번째로 환자를 방문한 의사는 설사를 한다고 걱정하는

환자에게 말했다.

"설사요? 아주 좋은 증세입니다."

의사는 진찰도 제대로 하지 않고 그냥 가버렸다. 얼마 후 환자의 부모가 그를 찾아와 몸이 어떠냐고 물었다.

"전 좋은 증세 때문에 지금 죽어가고 있어요."

겉모습만으로는 진심을 알 수 없다

27 옹기장수의 아내와 정원사의 아내

어떤 사람이 두 딸을 두었는데, 하나는 정원사에게, 또 하나는 옹기장수에게 시집을 보냈다.

얼마 후 그는 정원사의 아내가 된 딸을 방문해서 어떻게 지내는지, 남편의 사업은 잘 되는지 물었다. 그 딸은 모든 것이 만족스러운데, 단 한 가지 신들에게 부탁할 것이 있다고 대답했다. 나무들이 잘 자라도록 비를 풍족하게 내려 달라는 소원이었다.

며칠 후 그가 이번에는 옹기장수의 아내가 된 딸을 찾아가서 어떻게 지내는지 물었다. 그 딸은 부족한 것이 아무 것도 없는데, 단 한 가지 소원이 있다고 대답했다. 날씨가 늘 맑아서 옹기들이 햇볕에 잘 마르기를 바란다는 것이었다.

"넌 맑은 날씨를 원하고 네 언니는 비를 원한다면, 난 누구를 위해 기도를 바쳐야 하겠느냐?"

정반대의 일을 동시에 진행하면서도
사람은 둘 다 성공하기를 바란다

악취에 익숙해진 부자

어떤 부자가 가죽을 무두질하는 사람을 이웃으로 두게 되었다. 가죽을 가공하는 마당에서 풍기는 악취에 질린 부자는 이웃사람에게 다른 곳으로 이사하라고 날마다 독촉했다.

조금만 더 참아주면 이사를 가겠다고 말을 하면서도 무두질쟁이는 계속해서 날짜를 미루기만 했다.

날마다 그들이 그렇게 말다툼을 계속하는 동안 부자는 어느덧 악취에 익숙해졌고, 그래서 이웃을 더 이상 괴롭히지 않았다.

아무리 괴로운 일도 익숙해지면 견딜 만해진다

 ## 방탕한 젊은이

방탕한 젊은이가 유산을 모두 낭비해서 남은 것이라고는 외투밖에 없었다. 이른 봄에 찾아온 제비를 보자 그는 여름이 된 줄 알고 외투를 꺼내어 그것마저 팔아버렸다.

그러나 날씨가 점점 추워졌고, 길가에서 얼어죽은 제비를 보게 되었다.

"빌어먹을 놈 같으니! 넌 우리 둘을 동시에 파멸시켰어."

자신의 그릇된 판단마저 남의 탓으로 돌리려는 사람이 있다

30 나팔 부는 사람

나팔을 불어 군대를 불러모으던 사람이 적의 포로가 되자 이렇게 소리쳤다.

"제발 저를 죽이지 마세요. 저는 죽을 이유가 한 가지도 없어요. 저는 당신들 중 아무도 죽이지 않았어요. 오로지 나팔만 불었을 뿐이라구요. 그러니 저를 죽이지 마세요."

그러자 어떤 사람이 이렇게 대꾸했다.

"바로 그러니까 넌 더욱 죽어 마땅한 거야. 너는 전쟁에 나가지 않으면서 다른 사람들을 모두 전쟁터로 내몰았으니까."

나쁜 짓을 하는 사람보다
그것을 충동질하는 사람의 죄가 더 무겁다

31 고약한 아내

모든 하인들의 일거수 일투족을 트집잡으며 심하게 괴롭히는 부인이 있었다. 남편은 부인의 모난 성격을 보고 아버지 집에 있는 하인도 모질게 다루는지 궁금해졌다. 그는 아내를 아버지 집으로 보냈다.

며칠 후 집으로 돌아온 아내에게 그곳의 하인들이 어떤지 물어보았다.

"가축몰이들과 양치기들이 내게 험한 인상을 썼어요."

그러자 그가 대꾸했다.

"새벽에 가축을 몰고 나갔다가 해질녘에야 돌아오는 하인들까지도 당신을 반기지 않았다면, 당신 옆에서 하루종일 시중을 든 하인들은 어떻겠소."

한 가지를 보면 열 가지를 알 수 있다

32 사람의 손발과 위장

옛날에는 사람 몸의 각 부분이 고집이 세어서 지금처럼 화목하게 서로 협조하지 않았다.

위장이 다른 모든 부분들에게 필요한 것을 주었지만, 다른 부분들은 위장이 게으름만 피우고 사치스럽게 산다고 비난했다.

어느 날 다른 부분들이 위장에게 아무 것도 해주지 않기로 결의했다. 두 손은 빵 부스러기조차 들어올리지 않겠다고 말했고, 입은 음식을 받아들이지 않겠다고 말했다. 두 다리는 위장이 다른 곳으로 움직일 수 없도록 한 발짝도 떼지 않기로 했다. 위장을 제외한 신체의 다른 부위가 제각기 위장에게 협조하지 않겠다고 나섰다.

그들이 위장을 굴복시키려는 계획을 실행에 옮기자마자 그들 자신이 하나씩 기운을 잃고 비틀거렸으며, 온몸이 쇠약해졌다. 그제서야 그들은 위장의 역할과 소중함을 알게 되었다. 비록 위장이 게으르고 아무 소용이 없는 것처럼 보일지라도 중요한 기능을 하고 있다는 사실을 깨닫게 된 것이다. 또한 위장이 자기들에게 의존하는 것처럼 자기들도 위장에 의존하고 있으며, 건강한 몸을 유지하려면 그들이 서로 도움을 주고 받으며 함께 살아가야한다는 사실도 깨달았다.

큰일은 조화와 협력을 통해 이루어진다

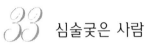 심술궂은 사람

어느 심술궂은 사람이 델피의 신탁*이 속임수에 불과하다는 것을 자기가 증명해 보이겠다고 사람들 앞에서 큰소리치며 말했다.

약속한 날이 되자 그는 작은 참새를 손에 쥐고 외투자락으로 가린 채 신전으로 갔다. 그리고 신탁을 말해주는 신과 마주 서서 자기가 손에 쥐고 있는 것이 죽은 것인지 산 것인지 물었다.

신이 '죽은 것'이라고 대답하면 살아있는 참새를 내보이고, 신이 '산 것'이라고 말하면 새를 목 졸라 죽인 뒤에 내보일 작정이었다.

신은 그의 사악한 의도를 알아차리고는 이렇게 대꾸했다.

"네가 쥐고 있는 것이 산 것이 될지 죽은 것이 될지는 네게 달려 있다."

신은 어떤 일에도 빈틈이 없다

---

* 델피의 신탁 : 고대 그리스에서 가장 유명한 신탁. 이외에도 도도나의 제우스신탁, 밀레투스의 아폴로 신탁, 영웅 트로포니우스의 신탁 등이 있다.

34 최고의 선물

제우스 신은 어떤 짐승에게는 힘을, 어떤 짐승에게는 빨리 달리는 능력을, 또 어떤 짐승에게는 날개를 주었다. 그러나 사람은 발가벗은 채 내버려두었다.

그래서 사람이 이렇게 말했다.

"제게는 왜 아무 것도 주시지 않습니까?"

제우스 신은 이렇게 대답했다.

"너는 내가 준 선물을 깨닫지 못하고 있구나. 내가 네게 준 말하는 능력을 잘 사용하면, 넌 신들과 대등한 힘을 발휘할 수 있지. 게다가 너는 힘이 센 짐승보다 더 힘이 세고, 가장 빨리 달리는 짐승보다 더 빨리 달릴 수 있어. 그러니까 네가 사실 가장 많은 선물을 받은 거지."

제우스 신이 준 선물이 어떤 것인지 깨달은 사람은 신을 찬미하고 깊이 존경하면서 그 자리를 떴다.

사람은 누구나 생각하고
창조해 낼 수 있는 능력을 가지고 있다

35 플라타너스의 충고

여름날 뙤약볕 아래에서 여행을 하던 두 남자가 지친 발걸음을 멈추고 플라타너스 나무 그늘에 앉아 쉬고 있었다. 두 남자는 고개를 들어 나무를 쳐다보면서 이렇게 말했다.

"이 나무는 아무 열매도 맺지 못하는 쓸모없는 나무야."

그러자 플라타너스 나무가 대꾸했다.

"은혜도 모르는 놈들! 너희가 지금 내 그늘에서 쉬고 있으면서 쓸모없는 나무라고 비난하다니."

어리석은 사람은 감사할 줄 모른다

36 마지막 기도

아테네에 사는 부자가 여행자들과 함께 항해에 나섰다.

그런데 갑자기 거센 폭풍우가 몰아쳐 배가 좌초되고 말았다. 다른 여행자들이 살려고 열심히 헤엄을 치고 있는 동안, 아테네 부자는 아테네 도시의 수호 여신인 아테나*에게 도움을 요청하는 기도를 바쳤다.

그는 자기 목숨을 구해준다면 많은 제물을 여신에게 바치겠다고 맹세했다. 아테네 부자의 옆에서 헤엄을 치던 사람이 그에게 말했다.

"아테나 여신에게 기도 드리는 건 당신 마음이지만, 팔다리도 움직이면서 하란 말이오!"

노력없이 모든 것을 운명에 맡기는 사람은
하늘의 도움을 받을 수 없다

*아테나 : 제우스의 딸로서 승리, 평화, 예술, 학문, 지혜의 여신.
로마신화에서 미네르바에 해당한다.

37 이디오피아인 노예

어떤 사람이 이디오피아 출신의 노예를 샀다. 그는 노예의 피부가 검은 것은 전에 있던 주인이 전혀 돌보지 않아서 그렇게 된 것이라고 생각했다.

노예를 집으로 데려간 주인은 노예에게 비누칠을 하고 열심히 닦았다. 검은 피부를 희게 만들기 위해 온갖 방법을 다 동원했지만 좀체로 바뀌지 않았다.

주인은 노예의 피부를 하얗게 만들려고 하다가 지쳐서 병이 들고 말았다.

타고난 기질을 바꾸려고 하는 것은 어리석다

38 외딴 곳에서 사는 진실

사막을 여행하던 남자가 홀로 외롭게 살고 있는 여자를 만났다. 남자는 눈을 아래로 깔고 있는 여자에게 물었다.

"당신은 누구십니까?"

"저는 진실입니다."

"그런데 왜 당신은 이 삭막한 사막에서 사는 거죠?"

"예전에는 거짓말하는 사람이 아주 적었는데, 지금은 만나는 사람마다 모두 거짓말을 해서 같이 있을 수가 없어 이렇게 사막에서 홀로 살고 있습니다."

거짓이 진실을 짓누르면 삶은 고통스럽다

39 사람과 벼룩

어느 날 벼룩이 사람을 사정없이 괴롭히자, 그는 몸을 샅샅이 뒤져 벼룩을 잡았다.

"내 몸 위를 사방으로 기어다니면서 멋대로 마구 뜯어먹고 사는 너는 도대체 어떤 놈이냐?"

벼룩이 대답했다.

"절 죽이지 마세요. 전 당신에게 해를 끼치지 않을 테니, 제발 목숨만 살려주세요."

사람은 껄껄 웃으면서 이렇게 대꾸했다.

"넌 당장 죽어야 해. 그것도 내 손에 말야. 네가 끼치는 해가 크든 작든, 네가 번식하는 건 반드시 막아야만 하니까."

사소한 잘못도 그냥 지나치지 마라

황금 사자상을 발견한 사람

겁이 많은 구두쇠가 순금으로 만든 사자상을 우연히 발견했지만 감히 그것을 차지하려 하지 못하고 이렇게 말했다.

"아이고, 이를 어쩌지? 이 기묘한 행운의 결과가 어떻게 될지 통 모르겠어. 난 지금 겁이 나서 죽을 지경이야. 황금에 대한 욕심과 겁이 많은 내 성격 사이에서 난 어떡하면 좋을지 모르겠어.

이건 순전히 우연일까? 아니면 어떤 신이나 귀신이 저 황금사자상을 만들어 여기에 놓고 나더러 발견하게 한 것일까? 이러지도 저러지도 못하겠어. 난 황금을 사랑하지만, 황금으로 만든 동상은 무서워. 내 욕심은 '저걸 가져라!'고 말하지만, 겁이 많은 내 성격은 '조심해!' 라고 말하거든.

아, 야속한 행운이여! 너는 내게 복을 내려주면서 동시에 그것을 손에 넣지 못하게 하는구나. 오, 아무런 기쁨도 주지 못하는 황금 사자상이여! 오, 저주로 변하는 신의 은총이여! 내가 저걸 가지면 어때서? 어떻게 쓸까? 도대체 지금 내가 무엇을 할 수 있지? 알았다! 집에 가서 하인들을 불러다가 저 황금 사자상을 잡게 해야겠어. 난 안전한 곳에 숨어서 하인들이 저것을 잡는 것을 구경하겠어."

어떤 일을 하기도 전에
겁부터 먹는 사람은 아무 것도 하지 못한다

41 살인자

어느 살인자가 자신이 죽인 남자의 부모에게 쫓기고 있었다. 나일강에 이른 그는 늑대와 마주쳤다.

소스라치게 놀란 그는 물가에 있는 나무 위로 올라가서 몸을 숨겼다. 그런데 나무 꼭대기에 있던 거대한 뱀이 슬금슬금 그를 향해서 내려오는 것이 아닌가!

이번에는 강물로 뛰어들었다. 물 속에서는 악어가 그를 기다리고 있었다. 그는 결국 악어 밥이 되고 말았다.

죄를 지으면 그 어느 곳에서도 안전할 수 없다

한꺼번에 많이 얻으려고 덤비지 마라

2

 ## 여자 마법사

신의 분노를 누그러뜨리는 주문을 알게 된 여자 마법사는 사람들을 모아 놓고 강의를 했다. 여자 마법사는 사람들이 주는 돈으로 풍족한 생활을 누릴 수 있었다.

어느 날 마법사를 시기한 어떤 사람이 그녀가 종교혁명을 도모하고 있다고 정부에 고발했다. 마법사는 사형선고를 받게 되었다. 사형 장소로 끌려가는 그녀를 향해 사람들이 야유를 퍼부었다.

"이 엉터리 마법사야! 사람 속도 모르면서 신의 분노를 없앤다구?"

아무도 자신의 코앞에 닥친 미래는 보지 못한다

 ## 신의 도움

어떤 사람이 먼 여행 끝에 녹초가 되어 우물 곁에 쓰러져 잠이 들었다가 하마터면 우물에 빠질 뻔했다. 그러나 우연의 여신 티케가 나타나 그를 깨우며 이렇게 말했다.

"이거 봐! 네가 우물에 빠졌더라면 넌 자신의 어리석음을 탓하지 않고 나를 원망했을 거야."

모든 일에는 원인이 있다

52

44 영웅에게 바쳐진 제물

어떤 사람이 신과 거의 동격인 영웅의 석상을 자기 집에 모셔놓고 그 앞에 풍성한 제물을 바쳤다. 날마다 제물을 마련하느라 엄청난 비용이 들었다. 그러던 어느 날 밤 영웅이 그에게 나타나서 말했다.

"이봐, 네 재산을 이제 그만 축내라. 모든 재산을 탕진하고 빈털터리가 되면 나만 원망할 테니까."

사람들은 자기 잘못으로 인한 불행을
신의 탓으로 돌린다

45 개에게 물린 남자

개에게 물린 남자가 상처를 치료해 줄 사람을 찾았다.

어떤 사람이 상처에서 흐르는 피를 빵 조각으로 닦아내어 그 빵을 개에게 주면 될 것이라고 그에게 말했다. 그러자 그는 이렇게 대꾸했다.

"하지만 내가 그렇게 하면 도시의 모든 개들이 나를 물려고 덤벼들 거요."

나쁜 짓을 방치해두면
감당할 수 없을 정도로 커진다

신의 목상을 부순 사람

신을 새긴 목상을 가지고 있는 사람이 있었다. 그는 가난을 면하게 해달라고 그 신에게 열심히 빌었다. 그러나 가난을 면하기는커녕 살림이 날로 어려워지기만 했다.

머리끝까지 화가 뻗친 그는 목상의 다리를 움켜쥐고 벽에 패대기를 쳐서 부숴버렸다. 목상의 머리 부분에서 금화가 우르르 쏟아졌다. 그는 금화를 주우면서 소리쳤다.

"당신은 정말 모순 덩어리요! 자비심도 전혀 없는 신이란 말이오! 내가 도와달라고 빌며 열심히 섬길 때는 손가락 하나도 까딱하지 않더니, 이제 박살을 내니까 이런 선물을 주다니!"

어리석은 자는 진정한 신의 은총을 모른다

귀가 얇은 아버지와 아들

방앗간 주인과 아들이 당나귀를 근처 시장에 내다 팔려고 몰고 갔다. 도시로 놀러갔던 처녀들이 신나게 떠들고 웃으면서 돌아오다가 그들을 보고 이렇게 소리쳤다.

"저 바보들 좀 봐! 당나귀를 타고 가도 되는데 터덜터덜 걸어가다니!"

그 말을 들은 노인은 자기 아들을 당나귀 등에 태우고 자기는 걸어갔다. 얼마 후 그들은 심각하게 토론하는 사람들을 만났다. 그 중 한 사람이 소리쳤다.

"저거 봐! 저게 내 말의 증거야. 요즈음은 노인들을 전혀 존경하지 않는다 이거야. 늙은 아버지는 걸어가는데 젊은 아들은 당나귀를 타고 가다니! 고약한 젊은 놈아! 넌 내리고 늙은이가 타고 가게 해라."

그 말에 노인은 아들을 걷게 하고 자기가 당나귀에 올라탔다. 얼마 가지 못해서 그들은 여자들과 아이들을 만났다. 그들을 본 여자들과 아이들이 일제히 소리쳤다.

"게을러빠진 늙은이 같으니! 어린 아들이 제대로 따라가지도 못하는데 늙은 것이 편안하게 앉아 가다니!"

마음씨 착한 노인은 즉시 아들을 자기 뒤에 태웠다. 도시가 가까워졌을 때, 그 도시에 사는 어떤 사람이 물었다.

"그 당나귀는 당신 거요?"

노인이 그렇다고 대답하자, 그 사람은 이렇게 말했다.

"당나귀를 쓰러뜨릴 작정으로 둘씩이나 올라탄 것을 보고 난 당신이 주인이 아닌 줄 알았소. 당나귀가 당신들을 운반하기보다는 당신들이 저 가련한 짐승을 운반하는 게 더 낫겠소."

"그렇게 하는 것도 좋겠네요."

그래서 노인은 아들과 함께 당나귀에서 내린 뒤 당나귀의 다리를 묶고 장대를 사이에 꿴 다음, 각각 장대 끝을 울러매었다. 그리고 도시로 향하는 다리를 건너갔다. 그 재미있는 광경을 보려고 수많은 사람들이 집에서 뛰쳐나와 배를 잡고 웃었다. 사람들이 시끄럽게 떠들고 웃는 소리와 그 광경에 기분이 상한 당나귀가 발길질을 하는 바람에 밧줄이 끊어져 그만 강물에 빠졌다.

화도 나고 창피해진 노인이 뒤도 안 돌아보고 집으로 달려 도망쳤다. 모든 사람의 환심을 사려다가 조롱만 받았고 또 팔려던 당나귀마저 잃었다는 사실을 그제서야 깨달았던 것이다.

주관을 잃지 말고 소신껏 행동하라

48 돌팔이 의사

어떤 돌팔이 의사가 환자를 치료했다. 다른 의사들은 그 환자에게 죽을병에 걸린 것은 아니고 다만 회복이 느릴 뿐이라고 진단해 주었다. 그러나 돌팔이 의사만은 하루도 못 가서 죽을 테니 모든 것을 정리하라고 말했다.

며칠 후 그 환자가 자리에서 일어나 바깥으로 걸어나갔다. 얼굴은 창백하고 걸음걸이는 비틀거렸다. 우연히 그를 본 돌팔이 의사가 그에게 물었다.

"저승 사람들은 요즈음 어떻게 살고 있지요?"

환자가 대꾸했다.

"그들은 망각의 강 레테*의 물을 마셨기 때문에 아주 평온하게 살지요. 그러나 요즈음 저승에서는 대단한 소동이 벌어졌지 뭡니까? 죽음의 신과 하데스*가 모든 의사들에게 무시무시한 위협을 했거든요. 의사들이 환자들을 자연스럽게 죽도록 내버려두지 않기 때문이라는 겁니다. 그래서 두 신은 의사들의 이름을 모두 저 아래 명부에 적어두었습니다. 당신 이름도 거기 추가하려고 하기에 제가 엎드려 제발 당신 이름은 적어 넣지 말아달라고 애걸했지요. 당신은 진짜 의사가 아니고, 따라서 아무런 이유도 없이 부당하게 의사로 오해를 받은 것이라고 말입니다."

말만 번지르르하게 하는 의사는 지식과 능력이 부족한 경우가 많다

* 레테 : 저승에 흐르는 강의 하나인데, 이 물을 마시면 죽은 자들이 이승의 기억을 모두 잊어버린다.
* 하데스 : 저승 또는 저승의 신을 가리킨다. 로마신화에서 인페리, 오르쿠스, 타르타루스에 해당.

 내장을 먹은 아이

여러 양치기들이 들판에서 염소를 잡아 제물로 바치고 근처에 사는 사람들을 초대했다.

가난한 여자가 자기 아이를 데리고 참석했다. 잔치가 계속되고 있을 때, 그 아이는 너무 많이 먹어서 배가 부풀어오르고 몹시 아파서 엉엉 울었다.

"엄마! 속에서 내장들이 부글부글 끓고 있어!"

그러자 어머니가 이렇게 대꾸했다.

"올라오는 것은 네 내장이 아니라, 네가 먹은 염소의 내장이야."

지나친 욕심은 탈을 부른다

50 낙타와 아랍인

낙타에게 짐을 잔뜩 지운 아랍인이 오르막길과 내리막길 가운데 어느 쪽을 가고 싶은지 낙타에게 물었다.

낙타가 이렇게 대답했다.

"평야에 곧장 뚫린 길은 누가 막아 놓았습니까?"

노·사간의 입장은 서로 다른 법이다

51 개와 주인

어떤 사람이 여행을 떠나려고 할 때, 개가 문간에 서있는 것을 보며 이렇게 말했다.

"뭘 쳐다보고만 있어? 날 따라올 준비나 빨리 해."

꼬리를 치면서 개가 대꾸했다.

"주인님, 전 벌써 준비가 다 되어 있어요. 주인님이나 여행 가방을 빨리 챙기세요.

남을 탓하기 전에 자신의 잘못을 생각하라

 도둑과 개

밤에 물건을 훔치려고 어느 집에 들어간 도둑이 개가 짖지 못하게 하려고 고깃덩어리를 던져 주었다. 그러자 개가 이렇게 말했다.

"얼른 꺼져 버려! 난 평소에 널 의심하고 있었어. 그런데 이렇게 과도한 친절을 베푸는 걸 보니, 네가 정말 악당이라는 걸 알겠다!"

손에 든 뇌물은 가슴 속에 숨은 음모를 드러낸다

낙타를 처음 본 사람들

낙타를 처음 본 사람들이 겁에 질려 달아났다. 그러나 낙타가 유순한 동물이며 화를 내지 않는 동물이라는 것을 알게 된 사람들은 무서워하기는커녕 깔보면서 고삐를 채우고 아이들이 끌고 다니도록 만들었다.

아무리 무서운 것도 익숙해지면 두려워하지 않게 된다

정원사

어떤 사람이 밭에서 일하는 정원사를 보고 야생의 풀들은 튼튼하게 잘 자라는데 개량종 야채는 잘 자라지도 않고 병충해에 약한 이유가 무엇인지 물었다. 정원사는 이렇게 대답했다.

"대지는 야생 풀들의 친어머니고, 야채들에게는 계모니까 그런 거지요."

온실의 화초는 자생력이 부족한 법이다

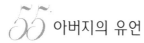 아버지의 유언

침대에 누워 죽음을 기다리고 있던 아버지의 소원은 자기 자녀들이 농사 기술을 어느 정도 몸에 익히는 것이었다. 그래서 자녀들을 불러 이렇게 말했다.

"얘들아, 난 머지 않아 이 세상을 떠나게 될거야. 그렇지만 너희는 내가 포도밭에 감추어둔 것을 찾아내라. 그러면 모든 것을 얻을 거야."

그들은 아버지가 포도밭 어느 구석에 보물을 묻어두었을 것이라고 생각했다. 그래서 아버지가 죽자마자 곡괭이로 포도밭을 남김없이 깊이 파헤쳤다. 결국 보물은 찾아내지 못했

지만 그들이 구석구석 파헤친 덕분에 그 해 포도 수확은 다
른 해보다 몇 배나 더 많았다.

일이야말로 진짜 보물이다

56 매일 싸우는 아이

어느 농부의 아들들이 항상 서로 싸우기만 했다. 농부가 야단쳤지만 아무 소용이 없었다. 아들들은 그의 말을 들으려 하지도 않았던 것이다. 그래서 그는 효과적인 교훈을 가르쳐 주기로 결심했다. 그는 가느다란 나뭇가지들을 잔뜩 가져오라고 지시했다.

그들이 지시대로 하자, 그는 나뭇가지들을 한 데 묶은 나뭇단을 여러 개 만든 뒤 각자에게 하나씩 나누어주고는 두쪽으로 꺾어보라고 했다.

아무리 힘을 써도 아들 가운데 그 누구도 나뭇단을 꺾지 못했다. 그러자 그는 나뭇단을 푼 다음 아들들에게 각각 나뭇가지 하나씩 나누어 주었다. 그들은 누구나 아무 힘도 들이지 않고 나뭇가지를 부러뜨렸다. 이윽고 농부가 아들들에게 말했다.

"얘들아, 너희들도 하나로 뭉치면 적이 절대로 너희를 해치지 못하지만, 뿔뿔이 흩어지면 적이 너희를 쉽게 물리칠 것이다. 알겠느냐?"

모든 사람이 화목하면 어떤 환란도 쉽게 극복된다

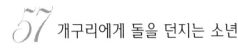 개구리에게 돌을 던지는 소년

연못가에서 놀던 소년들이 물 속에 많은 개구리가 있는 것을 발견하고 돌을 던지기 시작했다.

많은 개구리가 돌에 맞아 죽은 뒤, 용감한 개구리 한 마리가 물 위로 고개를 내밀며 소년들에게 소리쳤다.

"애들아, 그 잔인한 장난은 그만둬라! 너희는 장난으로 돌을 던지지만, 우린 돌에 맞아 죽는단 말야!"

재미 삼아 하는 행동이
다른 사람에게 큰 피해를 주는 경우가 많다

58 소년과 쐐기풀

들에서 놀던 소년이 쐐기풀에 찔려서 집으로 달려갔다. 그리고 어머니에게 자기는 그 풀을 건드리기만 했는데 고약한 풀이 침으로 쏘았다고 일렀다.

그의 어머니가 이렇게 말했다.

"네가 손을 대기만 했기 때문에 풀이 널 쏜 거야. 다음에는 그놈을 단단하게 움켜쥐어라. 그러면 널 해치지 못할 거야."

무슨 일을 하든지 용감하게 하라

59 욕심이 많은 아이

어느 날 소년이 도토리와 무화과열매가 들어있는 항아리에 손을 집어넣었다. 항아리 주둥이는 매우 좁았다. 그런데 소년이 손을 최대한으로 벌려서 열매들을 잔뜩 움켜쥐었기 때문에 그 손을 뺄 수가 없었다. 열매를 놓치기도 싫었고, 또 손을 항아리에서 뺄 수도 없게 된 소년이 엉엉 울면서 자기 불행을 한탄했다.

곁에 서있던 소년의 영리한 친구가 이렇게 충고해 주었다.

"이번에는 절반만 쥐고 손을 빼. 그 다음에 나머지 절반을 쥐면, 틀림없이 성공할 거야."

한꺼번에 많은 것을 얻으려고 덤비지 마라

껍데기만 신에게 바친 사람

먼길을 여행해야 하는 사람이 헤르메스 신에게 맹세했다. 목적지에 무사히 도착한다면 도중에 얻는 것은 무엇이든지 그 절반을 헤르메스 신에게 바치겠다고 말이다.

여행 도중에 그는 아몬드와 대추야자가 든 자루를 우연히 발견했다. 그 자루를 보자 그는 돈이 잔뜩 들었다고 생각하고 집어들었다. 그리고 자루 안의 내용물을 바닥에 쏟은 뒤에 모두 먹어버렸다.

이윽고 그는 아몬드 껍질과 대추야자 씨를 거두어서 헤르메스를 모신 신전의 제단 위에 올려놓고 말했다.

"오, 헤르메스 신이여, 전 맹세를 지켰습니다. 제가 길에서 얻은 것의 바깥쪽과 안쪽을 당신과 공평하게 나누어 가졌으니까요."

탐욕에 찌든 구두쇠는 신까지 속이려 든다

61 겁쟁이

어느 겁쟁이가 전쟁터에 나갔다. 겁쟁이는 까마귀떼가 까악까악 우는 소리를 듣고 무기를 땅에 내려놓은 채 그 자리에서 얼어 붙어버렸다.

얼마 후 그가 다시 무기를 집어들고 행진을 계속할 때 까마귀들이 다시 울기 시작했다. 그는 발걸음을 멈추고 까마귀들에게 말했다.

"네 놈들이 아무리 큰소리로 울어대도 날 잡아먹을 수는 없어. 절대로!"

어떤 경우에도 미리 겁먹을 필요는 없다

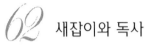

새잡이와 독사

사냥꾼이 그물과 끈끈이즙을 챙겨 새 사냥을 떠났다. 그는 높다란 나무 위에 앉은 지빠귀를 발견하고 그 새를 잡기로 결심했다.

그래서 끈끈이즙을 나무가지 끝에 칠하고, 그것을 다른 나무가지에 연결해서 위로 올려보냈다. 그리고 집중해서 위만 쳐다보던 그는 미처 자기가 잠자는 독사를 밟고 있다는 사실을 깨닫지 못했다. 독사에게 물려 죽게 되었다는 것을 뒤늦게 알아차린 그가 말했다.

"이게 무슨 불행이란 말인가! 새를 잡으려다가 내가 도리어 죽게 되다니!"

남을 해치려고 음모를 꾸미는 사람은
자기가 먼저 함정에 빠진다

진짜 주인

일벌들이 참나무의 깊은 구멍 속에 집을 지었다. 그런데 수펄들은 자기들이 일을 다 했기 때문에, 그 집이 자기들 것이라고 주장했다. 일벌과 수펄들은 말벌에게 공정한 재판을 요구했다. 양쪽을 다 잘 아는 말벌이 이렇게 말했다.

"원고와 피고는 형태와 색깔이 똑같으니까 집의 소유권이 어느 쪽에 있는지는 의문이고, 그래서 내게 소송한 건 잘 했소. 그러니까 양쪽 벌들은 벌통으로 들어가 새로운 집을 지으시오. 새 집의 각 방 모양과 꿀의 맛이 우수한 쪽에게 소유권을 넘겨주겠소."

일벌들은 말벌의 말에 찬성했지만, 수벌들은 반대했다. 그러자 말벌은 이렇게 선언했다.

"자, 이젠 누가 집을 만들었는지, 누가 집을 만들 수가 없는지 확실히 드러났소. 집은 일벌들이 차지하시오."

솜씨를 가장 잘 증명해 주는 것은 실적이다

64 두 개의 자루

옛날에 프로메테우스가 사람들을 만들었을 때, 그는 사람들에게 각각 두 개의 자루를 붙여주었다. 앞에 달린 자루는 다른 사람들의 결점들을, 등 뒤에 달린 자루에는 자기 자신의 결점들을 담게 되어 있었다.

그 결과 사람은 다른 사람의 결점들이 든 자루는 잘 들여다보았지만, 자기 자신의 결점들이 든 자루는 절대로 볼 수가 없었다.

어리석은 자들은 자기와 아무런 관계도 없는
사람의 결점까지 입에 올린다

65 거세된 남자와 제물을 바치는 사제

거세된 남자가 제물을 바치는 사제를 찾아가 자기도 아버지가 될 수 있도록 대신 제물을 바쳐달라고 간청했다.

사제는 이렇게 말했다.

"당신 제물을 보았을 때 나는 당신이 아버지가 되도록 해달라고 기도했소. 그러나 당신을 직접 만나보니, 당신은 아버지는커녕 남자로도 보이지 않소."

허망한 욕심은 웃음거리밖에 되지 않는다

66 도끼를 주운 남자

두 사람이 함께 여행을 하고 있었다. 길가에 떨어진 도끼를 발견한 남자가 말했다.

"저기 도끼가 있어. 우리가 칼도 아니고 도끼를 줍다니, 엄청난 행운인 걸."

"우리라고? 네가 발견한 거니까 네가 주운 거지. 그러니까 우리가 주웠다고 말하지 말고 네가 주웠다고 말하는 게 옳아!"

그들은 길을 가다가 도끼를 잃어버린 사람을 만나게 되었다. 도끼를 주운 남자는 미리 겁을 먹으며 말했다.

"우린 이제 죽었어. 어떡하지?"

그러자 옆에 있던 친구가 말했다.

"우린 이제 죽었다고 말하지 말고, 난 이제 죽었다고 말해라. 왜냐하면 네가 도끼를 발견했을 때 내게 그 행운의 절반을 나누어주지 않았으니까."

행운을 함께 나누지 않은 사람은
자신이 불행할 때 친구들의 도움을 기대할 수 없다

67 대머리 총각

가발을 쓴 대머리 총각이 말을 타고 길을 떠났다. 갑자기 불어닥친 세찬 바람에 가발이 벗겨졌다. 사람들은 대머리를 보자 가련한 그 사람을 향해 배꼽을 잡고 웃었다. 그러자 그는 말을 세우고 나서 이렇게 말했다.

"저 가발은 자기 주인의 머리에도 머물러 있지 못하는데, 내가 그것을 내 머리에 머물게 할 수 없다는 게 그렇게도 이상하단 말이오?"

사람은 발가벗고 태어나서 발가벗은 채 떠난다

68 나무꾼의 부탁

나무꾼이 숲속으로 들어가 나무들에게 도끼 자루로 쓸 가지를 하나 달라고 애걸했다. 나무꾼의 요청은 하찮은 것으로 보였다. 그래서 커다란 나무들이 의논한 뒤, 보잘 것 없는 물푸레나무를 나무꾼에게 내주었다.

도끼에 자루를 박고 나자마자 나무꾼은 그 숲속에 있는 가장 큰 나무들을 베기 시작했다. 사태의 중대성을 참나무가 깨달았지만, 이미 때는 늦었다. 그래서 참나무는 옆에 있는 전나무에게 이렇게 말했다.

"최초의 양보 때문에 우린 모든 것을 잃었어. 보잘 것 없는 이웃을 우리가 희생시키지 않았더라면 우린 영원히 여기 서 있을 수 있었을 거야."

강자가 약자의 권리를 희생시켜서 적과 타협하면
자기 자신도 파멸하고 만다

69 금도끼와 은도끼

강가에서 나무를 하던 나무꾼이 도끼를 물 속에 빠뜨리고 말았다. 어찌 할 바를 몰라 허둥대던 그는 강가에 주저앉은 채 울기만 했다. 헤르메스 신은 그의 딱한 처지를 알고 크게 동정했다.

헤르메스는 강물 속으로 풍덩 뛰어 들어가더니 금도끼를 가지고 나와서 물었다.

"이 금도끼가 네 도끼냐?"

"아닙니다. 그건 제 도끼가 아닙니다."

헤르메스가 다시 물 속으로 들어갔다가 은도끼를 가지고 나왔다. 그러나 나무꾼은 그것도 자기가 잃어버린 도끼가 아니라고 대답했다.

헤르메스가 세 번째로 나무꾼의 도끼를 들고 나왔다.

"아, 그게 제 도끼입니다."

나무꾼의 정직함에 감탄한 헤르메스는 도끼 세 개를 모두 그에게 주었다.

집으로 돌아가 자기 친구들을 만난 그는 도끼에 얽힌 모험담을 들려주었다. 그 중 한 사람이 내용을 잘 기억해 두었다가 자기도 금도끼나 은도끼를 얻으려고 했다. 그래서 강가로 가서 일부러 도끼를 강물에 던져 넣은 뒤 주저앉아 울었다.

그러자 헤르메스가 다시 나타나서 그에게 왜 우는지 이유를 묻고는 강물 속으로 들어가 금도끼를 가지고 나와 그에

게 잃어버린 도끼냐고 물었다. 그는 너무나도 기뻐서 소리
쳤다.

"그래요! 바로 그것이 제가 잃었던 도끼예요!"

헤르메스 신은 뻔뻔스러운 대답에 기가 막혀서 금도끼를
그에게 주지 않았을 뿐만 아니라, 그의 도끼마저도 찾아주지
않았다.

정직한 사람은 복을 받고, 교활한 사람은 화를 당한다

70 은혜를 모르는 개

개가 우물에 빠지자 정원사가 구해주려고 우물 속으로 들어갔다. 그러나 개는 정원사가 자기를 더 아래로 밀쳐 떨어뜨리려고 내려오는 줄 알고 주인을 물었다.

정원사는 개에게 물리자 너무 아파서 위로 기어올라가면서 말했다.

"죽고 싶은 짐승은 내가 애써 구해줄 필요가 없지!"

은혜를 모르는 사람은 도와줄 필요가 없다

71 시골 처녀

시골 처녀가 우유통을 머리에 이고 가다가 엉뚱한 생각에 잠겼다.

"이 우유를 판 돈으로 달걀 300개를 살 수 있어. 그러면 일부가 곯거나 깨진다 해도 적어도 병아리 250마리를 얻을 수 있을 거야. 새해가 되어 닭값이 오르면 난 닭들을 팔아서 멋진 옷을 살 수 있어. 초록색으로 하는 게 좋겠지. 그 옷을 입고 시장에 나가면 남자들이 모두 황홀한 시선으로 날 쳐다보겠지. 흥! 난 도도하게 고개를 쳐든 채 아무도 받아들이지 않을 거야."

공상에 잠겨 지나치게 흥분한 처녀는 마구 팔다리를 내
저었다. 그러자 우유통이 머리에서 굴러떨어지고 그녀의
꿈은 그 순간 산산조각이 나고 말았다.

알이 부화하기도 전에
병아리 머리 수를 세는 것은 어리석다

72 욕심 많은 과부

어느 과부에게 매일 알을 낳는 암탉이 있었다. 그녀는 암
탉에게 보리를 좀 더 많이 먹이면 알을 하루에 두 번 낳을 것
이라고 생각했다. 그래서 모이를 더 많이 주었다. 그러나 암
탉은 살만 찌더니 하루에 한 알도 낳지 못하게 되었다.

현재에 만족하지 않고
욕심을 부리면 가진 것마저도 잃게 된다

73 구두쇠의 황금 덩어리

구두쇠가 모든 재산을 팔아서 황금 덩어리로 만든 뒤 그것을 땅속에 묻었다. 그는 자기 마음과 정신마저도 그곳에 함께 묻은 듯했다. 날마다 그는 그곳에 가서 그 보물을 만족한 시선으로 바라보곤 했다.

어떤 일꾼이 그를 보고 그가 무엇 때문에 그토록 만족한 미소를 짓는지 알아내고 싶었다. 그래서 땅을 파다가 황금 덩어리를 발견하고 그것을 가지고 도망쳐버렸다.

얼마 후 그 자리에 돌아온 구두쇠는 텅 빈 구덩이를 보았다. 그는 머리카락을 쥐어뜯으면서 통곡했다. 지나가던 사람이 그를 보고 사연을 알게 되자 이렇게 말했다.

"그렇게 절망할 건 없어요. 당신은 황금을 가지고 있을 때도 실제로는 그게 없는 거나 같았으니까. 돌멩이를 구덩이에 묻고 그것이 황금 덩어리라고 상상하시오. 내가 보기에 당신은 황금 덩어리가 거기 있을 때도 그걸 전혀 이용하지 않았으니까."

사용하지 않는 물건은 아무런 가치가 없다

74 강도와 뽕나무

길에서 사람을 죽인 강도가 마침 근처를 지나가던 사람들에게 추격을 받는 신세가 되었다. 그래서 그는 피투성이가 된 희생자를 내버려 둔 채 달아났다.

그러나 반대편에서 길을 걸어오던 여행객들이 그에게 왜 손에 피가 묻었는지 물었다. 그는 뽕나무에서 방금 내려왔기 때문이라고 대답했다.

추격하던 사람들이 거기 도착해서 살인강도인 그를 붙잡아서 근처의 뽕나무에 목을 매달았다. 그러자 뽕나무가 그에게 말했다.

"난 네가 사형당하는 걸 도와줘도 미안할 게 없어. 사람을 죽인 건 바로 넌데, 너는 그 피를 내게 뒤집어 씌웠으니까."

아무리 선한 사람이라도
자기를 모함하는 사람을 경멸하는 법이다

75 사형수의 마지막 말

한 소년이 옆자리에 앉은 친구의 노트를 몰래 훔쳤다. 그 사실을 알게 된 어머니는 아이를 야단치기는커녕 오히려 칭찬해 주었다.

며칠 후에는 소년이 옷을 훔쳐서 어머니에게 주었다.

그 때도 어머니는 혼내지 않고 도둑질한 아이를 칭찬해 주었다. 아이가 성장하여 청년이 되자, 이제는 아주 비싼 물건들을 훔쳐서 어머니에게 건네 주었다.

그러던 어느 날 그가 도둑질하는 현장에서 붙잡히고 말았다. 등 뒤로 손이 묶인 채 그는 사형장으로 끌려갔다. 그를 따라 걸어가던 어머니는 그때서야 가슴을 치며 통곡했다. 슬퍼하는 어머니의 모습을 본 청년은 마지막으로 어머니에게 할 말이 있다고 했다.

어머니는 아들이 무슨 말을 하는지 듣기 위해 귀를 가까이 댔다. 그러자 그는 이빨로 어머니의 귀를 물어 단숨에 잘라 버렸다. 그녀는 불효자식이라고 마구 야단쳤다.

"이제 도둑질도 모자라서 네 에미의 귀를 물어뜯어? 이런 불효 막심한 자식 같으니라구!"

그러자 아들은 이렇게 대꾸했다.

"내가 처음 친구의 노트를 도둑질한 날 어머니가 나를 야단치고 매질했더라면 내가 요 모양 요 꼴이 되었겠습니까? 사형장에 끌려가는 신세가 되진 않았을 겁니다. 어머니가 제 인생을 망쳐 놨다구요!"

나쁜 버릇은 처음부터 고치지 않으면 걷잡을 수 없다

76 같은 배를 탄 원수

원수 사이인 남자 둘이 같은 배를 타고 항해에 나섰다. 한 명은 맨 앞에, 또 한 명은 맨 뒤에 자리를 잡았다.

심한 폭풍우가 닥쳐 배가 가라앉으려고 하자, 맨 뒤에 앉았던 사람이 키잡이에게 물었다.

"배의 어느 쪽이 먼저 물 속으로 가라앉습니까?"

"그야 물론 배의 앞쪽이지요."

키잡이의 대답에 뒤에 앉은 사람은 이렇게 말했다.

"그렇다면 난 죽어도 여한이 없소. 원수가 죽는 꼴을 볼 수 있으니 말이오."

증오와 저주는 자신을 위해서도 도움이 되지 않는다

77 어리석은 천문학자

밤마다 별을 관찰하는 천문학자가 있었다. 어느 날 밤 그는 하늘만 쳐다보며 걷다가 우물에 빠지고 말았다. 그는 우물 속에서 구해 달라고 외쳤다. 마침 그곳을 지나가던 사람이 그의 목소리를 듣고 우물 안에 대고 소리쳤다.

"어이, 천문학자 양반! 하늘에 있는 건 잘 보면서 땅에 있는 건 왜 보지 못했소?"

큰 일을 할 수 있다고 큰소리 치는 사람은 작은 일도 못 한다

78 연주자

현악기 키타라를 즐겨 연주하는 사람이 있었다.

그는 사방이 벽으로 막힌 공간에서 밤낮을 가리지 않고 연주를 했다. 대단한 음치였지만, 벽에서 울려오는 소리에 심취해 자신의 목소리가 세상에서 가장 아름답다고 착각하고 있었다. 그는 자신의 목소리에 너무 도취된 나머지 연주회를 갖기로 했다.

무대 위에 선 그는 키타라 악기를 연주하면서 정성껏 노래를 불렀다. 그러나 사람들은 박수와 갈채 대신 야유를 퍼붓고, 돌을 던져 그를 무대 밖으로 내쫓고 말았다.

자아도취에 빠지면 사태를 직시하지 못한다

79 대머리가 된 남자

흰 머리카락이 듬성듬성 있는 중년남자에게 젊은 첩과 늙은 첩이 있었다. 늙은 첩은 자기보다 연하인 남자 애인과 성관계를 갖는 것이 수치스러웠다.

그래서 그녀는 남자가 자기를 찾아올 때마다 검은 머리카락을 하나씩 뽑았다. 젊은 첩은 자기보다 늙은 남자를 애인

으로 두는 것이 싫어서 그의 흰 머리카락을 뽑았다. 결국 남
자는 대머리가 되고 말았다.

서로 맞지 않는 두 사람의 결합은 서로를 위해 불행하다

80 사악한 의사

눈이 잘 보이지 않게 된 노파가 의사를 불렀다. 의사는 치료가 끝난 후 노파의 눈에 연고를 발라 주었다. 노파가 연고가 마를 때까지 눈을 감고 있는 동안 의사는 노파의 방에서 가구를 하나씩 빼돌렸다.

의사가 노파의 가구를 모두 빼돌렸을 때, 치료가 끝났다. 의사가 노파에게 치료비를 요구하자, 노파는 치료비를 줄 수 없다고 말했다. 결국 둘은 재판관 앞에 서게 되었다.

노파는 시력이 회복되었을 때만 의사에게 치료비를 주기로 약속했는데, 치료를 받은 후로 시력이 더 나빠졌다고 강력히 주장하면서 말했다.

"치료받기 전에는 가구들이 생생하게 보였는데, 지금은 하나도 보이지 않으니 시력이 좋아졌다고 할 수가 없어요."

탐욕에 눈이 멀면 옳고 그름을 판단할 수 없게 된다

81 한 입으로 두 말을 하는 사람

사람과 사티로스*가 친구가 되기로 언약을 하고 함께 길을 떠났다.

겨울이 되어 날씨가 몹시 추워지자 사람이 두 손을 들어서 입김을 불었다. 사티로스가 왜 그런 행동을 하는지 물었다. 사람은 자기 손을 따뜻하게 녹이기 위해서 그렇게 한다고 대답했다.

이윽고 그들은 음식이 차려진 식탁에 같이 앉았다. 음식이 매우 뜨거웠기 때문에 사람은 숟가락으로 약간 떠서 입으로 가져가더니 후후 입김을 불었다.

사티로스가 왜 그런 행동을 하는지 또 물었다. 사람은 음식을 식히기 위해서 그렇게 하는 것이라고 대답했다. 그러자 사티로스가 말했다.

"그렇다면 좋아. 나는 너를 이제부터 친구로 여기지 않겠어. 왜냐하면 너는 한 입으로 뜨거운 바람도 내고 찬 바람도 내니까."

인격이 의심스러운 사람은 친구로 삼지 마라

* 사티로스 : 상반신은 사람이고 하반신은 짐승인 숲의 신.

현명한 사람은 위기를 미리 대처한다

3

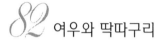 여우와 딱따구리

사냥꾼들에게 쫓기던 여우를 딱따구리가 숨겨주었다. 얼마 후 사냥꾼들이 몰려와 딱따구리에게 여우를 보았느냐고 물었다. 딱따구리는 사냥꾼들에게 여우가 숨은 곳을 가리키며 여우를 본 적이 없다고 말했다.

사냥꾼들은 딱따구리의 손짓을 보지 못한 채, 그 말만 믿고 다른 곳으로 갔다. 사냥꾼들의 모습이 보이지 않자, 딱따구리의 집에서 나온 여우는 아무 말도 하지 않았다. 딱따구리는 목숨을 구해주었는데도 감사할 줄 모른다고 여우를 비난했다. 그러자 여우가 이렇게 대답했다.

"당신의 말과 행동이 같았다면, 난 고맙다는 말을 백 번이라도 했을 거요."

옳은 말을 외치는 사람일수록 경계할 필요가 있다

 어린 사슴과 포도넝쿨

사냥꾼들에게 쫓기던 어린 사슴이 포도넝쿨 속으로 숨었다. 포도넝쿨이 무성했기 때문에 사슴은 자기 몸이 충분히 가려졌다고 믿고 잎을 씹어먹기 시작했다.

잎새들이 부스럭거리는 소리를 듣고 사냥꾼들이 되돌아왔고, 포도넝쿨 속에 암사슴이 숨어있다고 생각한 사냥꾼은 포도넝쿨 속으로 화살들을 쏘았다.

화살 하나가 사슴의 심장을 꿰뚫었다. 마지막 숨을 거두기 전에 암사슴이 이렇게 말했다.

"모두 내 잘못이야. 나를 구해준 넝쿨을 해치지 말았어야 했어!"

속단과 방심은 화를 부르게 마련이다

84 자기 그림자에 심취한 늑대

어느 날 늑대가 아무도 살지 않는 한적한 곳을 어슬렁거리고 있었다. 마침 해가 지평선 아래로 가라앉고 있었다. 늑대는 길어진 자기 그림자를 보고 말했다.

"저거 봐! 이렇게 몸집이 큰 내가 사자 따위를 두려워해? 이 정도의 덩치라면 동물의 왕이 못 될 이유가 없지."

한참 동안 늑대가 그런 생각에서 헤어나지 못하고 있을 때, 힘센 사자가 갑자기 그를 덮치고 말았다.

오만은 불행의 원천이다

85 여우와 악어

여우와 악어는 서로 자기 조상이 더 훌륭하다고 우겼다. 악어는 자기 조상들을 설명하면서 몸을 최대한으로 늘였다. 또 자기 조상들은 뛰어난 몸매를 갖고 있었다고 자랑했다. 그러자 여우가 이렇게 대꾸했다.

"알고 있어! 얼마나 운동을 많이 했으면 네 몸이 온통 갈라졌겠어."

거짓말쟁이는 그 행동 때문에 들통이 나는 법이다

 ## 늘대와 개

늑대가 커다란 나무 목걸이를 찬 개를 보고 물었다.
"누가 너를 그렇게 줄에 매여 먹여주는 거냐?"
개가 대답했다.
"사냥꾼이야."
"오, 신이여, 굶주림과 무거운 멍에는 물론이고, 사냥꾼의
손아귀에서도 늑대들을 보호해 주십시오!"

불행에 빠지면 배가 불러도 즐겁지 않다

87 어부를 흉내낸 원숭이

높은 나뭇가지에 앉은 원숭이가 강에서 그물을 치는 어부들을 바라보았다. 호기심 많은 원숭이는 어부가 무슨 일을 하는지 더욱 궁금해졌다.

어부들은 점심시간이 되자 그물을 강에 던져둔 채 점심식사를 하러 갔다. 원숭이는 나무에서 내려가 어부들이 하던 모습을 그대로 흉내를 냈다. 원숭이가 그물에 손을 대자마자 그만 몸이 그물에 얽혀 물 속에 빠졌다. 뒤늦게서야 원숭이는 자신의 어리석음을 탄식하며 말했다.

"난 죽어도 싸! 고기 잡는 법을 배우지도 않은 주제에 고기를 잡으려고 했으니."

잘 알지도 못하는 일에 참견하면 손해만 본다

88 말과 황소와 개와 사람의 수명

제우스가 사람을 만들었을 때 그에게 매우 짧은 수명을 주었다. 그러나 사람은 지능을 이용해서 집을 짓고 추운 겨울이 되어도 그 안에서 따뜻하게 지냈다.

어느 날 몹시 추운데다가 비까지 퍼부어 말은 도저히 견디지 못하게 되었다. 그래서 사람이 사는 집으로 달려가서 비를 피할 곳을 제공해 달라고 간청했다.

그러나 사람은 한 가지 조건을 달았다. 즉 말의 수명에서 일부를 떼어 달라는 것이었다. 말은 기꺼이 자기 수명의 일부를 사람에게 주었다.

얼마 지나지 않아서 황소가 나타났다. 황소도 지독한 겨울 추위를 견딜 수가 없었던 것이다. 사람은 황소의 수명에서 여러 해 떼어주지 않으면 요청을 받아들이지 않겠다고 말했다. 황소는 여러 해를 떼어서 사람에게 주고 피난처를 제공받았다.

얼어죽을 지경이 된 개가 맨 나중에 찾아왔다. 개도 몇 해를 떼어서 사람에게 주고 안으로 들어갔다.

이렇게 해서 사람은 원래 제우스에게 받은 생애 동안은 순진하고 착하며, 말에게 받은 기간 동안은 멋지고 자존심이 강하며, 황소에게 받은 기간 동안은 기꺼이 규칙에 복종한다. 그러나 개에게 받은 기간 동안에는 불평을 하고 화를 잘 낸다.

화를 잘 내는 노인은 개와 같다

89 사자와 야생 수퇘지

몹시 더워서 갈증이 심해지는 여름 날 사자와 야생 수퇘지가 작은 샘으로 물을 마시러 갔다. 그들은 누가 먼저 물을 마셔야 될지 다투었고, 드디어 죽느냐 사느냐 하는 결투가 벌어졌다. 그러나 한참 싸우다가 숨을 돌리려고 잠시 싸움을 멈추었을 때, 그들은 어느 한쪽이 쓰러지면 그것을 잡아먹으려고 독수리들이 근처에서 도사리고 있는 것을 보았다. 그래서 사자와 수퇘지는 상대방에 대한 증오심을 버리고 이렇게 말했다.

"우린 독수리와 까마귀의 밥이 되는 것보다 서로 친구가 되는 게 더 좋아."

다투고 싸우면 양쪽이 다 손해를 보게 마련이다

90 배은망덕한 양

양치기가 양떼를 도토리 나무가 우거진 숲으로 몰고 들어갔다. 도토리가 많이 열린 거대한 도토리 나무를 발견한 양치기는 양떼를 풀어놓고 나무 위로 기어올라가 나뭇가지를 흔들어 도토리를 아래로 떨어뜨렸다.

도토리를 먹던 양들은 실수로 양치기의 외투마저 뜯어먹고 말았다. 나무에서 내려온 양치기는 자기 외투가 없어진 것을 알고 소리쳤다.

"이 망할 놈들아! 다른 사람들에게는 옷을 해 입으라고 양털을 제공하면서 내 옷을 뺏어간단 말이냐!"

남들에게는 선심을 쓰면서도
가까운 가족과 친척에게는 인색하게 군다

91 물총새

물총새는 고독을 좋아하는 새이다. 물총새는 사냥꾼에게 잡히지 않기 위해 강둑이나 바닷가의 바위에 둥지를 튼다.

어느 날 물총새 한 마리가 알을 품으려고 바다로 뻗어나간 육지로 날아가서, 바다 쪽으로 툭 튀어나온 바위에 둥지를 틀었다.

어미 새가 새끼들의 먹이를 구하러 간 사이에 폭우가 쏟아졌다. 강한 바람에 파도가 거세어져서 물총새의 둥지를 덮쳐 버렸다. 둥지는 물에 잠겼고, 새끼 새들은 모두 죽었다. 어미 물총새는 둥지가 없어진 것을 발견하고 통곡했다.

"이 무슨 불행인가! 사냥꾼을 피하기 위해 바닷가에다가 보금자리를 꾸몄는데, 고약하게도 바다가 배신을 하다니!"

적보다도 친구가 당신에게 더 위험한 경우가 있다

92 잘난 척하는 여우

어느 날 여섯 마리의 여우가 메안데르 강둑에 모여 목을 축이려고 했다.

엄청난 소리를 내며 흘러가는 강물을 보자 그들은 겁을 집어먹고 급류의 위험에 관해 떠들어대기만 하며, 감히 강물에 접근하지 못했다.

그 중 한 마리가 다른 친구들의 비겁함을 조롱하며 자신의 용기를 보여줄 좋은 기회라고 생각했다. 그는 그들 가운데 자기가 가장 용감하다고 주장했다. 그 주장을 증명해 보이기 위해 그는 세차게 흐르는 강물에 뛰어들었다. 둑에 있던 나머지 여우들이 소리쳤다.

"기다려! 우리가 안전하게 물을 마실 수 있는 곳을 알려줘야지!"

급류에 휩쓸려가던 여우가 큰소리로 대꾸했다.

"난 밀레투스에 있는 아폴로의 신탁을 위한 긴급한 전달사항을 가지고 있어. 지금 당장 아폴로에게 전달해야 되거든. 나중에 내가 돌아오면 그 때 너희에게 물 마실 장소를 가르쳐 줄게."

> 허풍을 떨다가 자기 목숨마저
> 위태롭게 만드는 사람이 있다

93 늙어빠진 사자

늙어빠진 사자가 땅바닥에 사지를 쭉 뻗은 채 누워서 마지막 숨을 몰아쉬었다. 병든 사자를 보고 수퇘지는 복수를 하기 위해 어금니로 사자를 물었다. 다음에는 황소가 뿔로 받아 복수했다. 사자가 보복할 능력이 전혀 없다고 생각한 당나귀도 뒷발로 사자의 얼굴을 걸어 찼다. 그러자 죽어가던 사자가 당나귀에게 소리쳤다.

"너 같은 놈에게 발로 차인다는 건 두 번 죽는 것과 같아."

모든 사람들에게 자비를 베푸는 마음을 가져라

94 황소들의 반란

옛날에 황소들이 회의를 열어 백정들을 모조리 없애버리기로 결정했다. 백정들의 기술은 자기들을 죽이기 위해서 연마된 것이라고 떠들었다. 그래서 그들은 전투준비를 하기 위해 뿔을 날카롭게 갈았다. 그러자 쟁기를 끌며 오랫동안 일했던 매우 늙은 황소가 이렇게 충고했다.

"여러분, 지금 무슨 짓을 하고 있는지 잘 살펴보세요. 저 사람들은 적어도 우리를 점잖게 기술적으로 죽이지만, 직업적인 백정들 대신 엉터리 도살자의 손에 떨어지면, 우린 죽을 때 두 배나 고통을 당할 거요. 물론 사람들은 백정들이 없어도 그만이겠지만, 쇠고기가 없이는 못 살 테니까."

한 가지 불행을 피하려고 더 큰 불행을 부르지 마라

95 바퀴에 깔려 죽은 개구리

개구리 두 마리가 서로 이웃에서 살고 있었다. 한 마리는 길에서 멀리 떨어진 깊은 연못에서 살고 있었고, 다른 한 마리는 길 한가운데에 고여있는 작은 물웅덩이에서 살고 있었다. 연못에 사는 개구리가 물웅덩이에서 사는 개구리에게 자기 연못에 와서 같이 살자고 권했다.

"내가 사는 연못으로 오면 안전하고 편하게 살 수 있어."

"난 이곳을 구석구석까지 다 잘 알지. 여긴 내 집이야. 여길 떠나 이사한다는 것은 너무나 귀찮고 힘든 일이야."

그러던 어느 날, 물웅덩이에 사는 개구리가 마차에 치어 죽었다.

남의 진실어린 충고를 받아들여라

96 당나귀의 그림자

어느 무더운 여름 날, 한 남자가 당나귀를 빌려 타고 아테네에서 메가라까지 여행을 했다. 정오가 되자 햇볕이 강하게 내리쬐었다. 남자는 당나귀에서 내려 당나귀의 그림자 밑에서 편히 쉬려고 하자, 당나귀를 몰던 사람도 당나귀 밑에서 쉴 자격이 있다고 주장했다. 여행자가 소리쳐 말했다.

"뭐라고? 여행이 끝날 때까지 내가 당나귀를 빌렸잖소?"

"물론 당신이 돈을 내고 당나귀를 빌렸습니다만, 그림자까지 빌린 건 아니지 않습니까?"

그들이 말다툼을 하고 있는 사이에 당나귀는 뒷걸음질을 하더니 멀리 달아나고 말았다.

껍데기를 놓고 싸우면 알맹이를 잃게 된다

97 숫사슴과 사자

목이 마른 숫사슴이 물을 마시려고 샘으로 갔다. 한 모금 마시고 나서 그는 물에 비친 자기 모습을 바라보았다.

사방으로 멋지게 뻗은 뿔에 대해서 크게 감탄했다. 그러나 가늘고 약하게 보이는 다리에는 실망이 컸다.

그렇게 한참이나 꿈꾸듯이 있는데 갑자기 사자가 달려와서 그를 추격했다. 숫사슴은 재빨리 달아나서 사자와 아주 먼 거리를 두게 되었다. 왜냐하면 숫사슴은 다리가 뛰어난 반면, 사자는 심장이 튼튼하기 때문이다. 탁 트인 들판에서 사슴은 사자를 쉽게 따돌릴 수가 있었다.

그러나 그들은 숲 속으로 들어섰고 숫사슴은 뿔이 나뭇가지에 걸려 더 이상 뛰지 못하고 사자에게 잡혔다. 막 숨이 넘어가게 된 숫사슴이 이렇게 말했다.

"내 신세는 얼마나 불행한가! 불만스러웠던 내 다리들은 나를 구해 주었는데, 내가 그렇게 자랑스러워했던 뿔은 나를 죽게 만들었다니!"

외모로 사람을 판단하지 마라

98 종달새

어미 종달새가 밀밭에 둥지를 틀고 추수하는 사람들이 오는지 감시했다. 그리고 먹이를 찾으러 나갈 때마다 새끼들에게 자기가 없는 동안에 들은 이야기를 모두 자기에게 알리라고 일렀다. 어느 날 어미 종달새가 멀리 간 사이에 밭 주인이 와서 둘러보고 이렇게 말했다.

"이웃사람들을 불러서 추수할 때가 되었군."

어미 종달새가 돌아오자, 새끼들은 그 이야기를 전해주고 빨리 이사하자고 졸라댔다. 그러자 어미 종달새가 이렇게 말했다.

"그가 이웃사람들을 불러오겠다고 했다면 추수할 때까지 아직 시간이 충분해."

다음날 다시 찾아온 주인은 햇빛이 더 강하고 곡식이 한층 더 익었는데 아무도 추수하러 오지 않은 것을 보고 이렇게 말했다.

"한 시도 놓칠 순 없다. 이웃사람들은 못 믿겠어. 그러니 친척들을 불러와야겠군."

그리고 곁에 서 있던 아들에게 지시했다.

"내일 아저씨들과 사촌들을 불러와라."

새끼 종달새들은 더욱 겁을 집어먹고 어미 종달새에게 당장 떠나자고 졸라댔다. 그러나 어미 종달새는 태연했다.

"겁낼 필요 없어. 그의 친척들은 자기 밭부터 추수해야 하거든. 그렇지만 다음에 그가 하는 말은 주의해서 듣고 내게 알려라."

다음날 밭에 온 주인이 아들에게 이렇게 말했다.

"이웃이든 친척들이든 이젠 더 기다릴 수가 없어. 일꾼들을 고용해서 내일 우리가 직접 추수하자."

그 말을 전해 들은 어미 종달새가 이렇게 말했다.

"이젠 우리가 떠날 때가 되었다. 어떤 사람이 다른 사람에게 의존하지 않고 자기가 직접 일을 하겠다고 결심했다면, 그는 정말 그렇게 하거든."

자기 손으로 직접 해결하는 것이
가장 효과적인 방법이다

99 전쟁터에 나가는 말

화려한 마구를 갖춘 말이 전쟁터를 향해 요란하게 말굽소리를 내면서 달려갔다. 등에 잔뜩 무거운 짐을 지고 터벅터벅 길을 걷던 당나귀는 말을 몹시 부러워했다. 자만심에 찬 말이 소리쳤다.

"길을 비켜라! 안 비키면 짓밟아줄 테야!"

당나귀는 아무 말도 못 하고 길가로 비켜섰다.

그런 일이 있은 지 얼마 후, 전쟁터에 나갔던 그 말이 전혀 다른 모습으로 나타났다.

주인은 전사하고 말은 부상을 입었다. 게다가 그 말이 다리를 절고 눈이 멀었기 때문에 새 주인의 사나운 채찍에 맞아가면서 무거운 짐을 나르지 않으면 안 되었다.

남을 경멸하면 벌을 받는다

100 염소와 당나귀

어떤 사람이 염소와 당나귀를 기르고 있었다. 주인이 당나귀에게 더 좋은 음식을 갖다주자, 염소가 질투심에 사로잡혀 당나귀에게 말했다.

"당신 인생은 연자방아나 돌리고 무거운 짐을 나르는 것밖에 되지 않으니, 끝없는 고생길에 불과한 것이오."

염소는 당나귀에게 간질병이 걸린 척하고 구덩이에 쓰러지면 얼마간 쉴 수 있을 것이라고 충고해 주었다. 그 말을 들은 당나귀는 일부러 온몸에 심한 멍이 들도록 했고, 그를 본 주인이 수의사를 불러 상처를 치료할 방법을 물었다.

수의사는 염소의 허파를 달여서 먹이면 틀림없이 당나귀가 건강을 회복할 것이라는 처방을 내렸다. 주인은 서슴없이 염소의 허파를 당나귀에게 먹였다.

남을 해치려는 자는 오히려 자기 자신을 망치고 만다

101 여우와 포도

배가 고파서 죽을 지경이 된 여우가 포도나무에 매달린 포도송이를 따먹고 싶었지만, 손이 닿지 않았다. 여우는 혼잣말로 위로를 삼았다.

"저것들은 아직 안 익었어."

때로는 자기 합리화가 불만을 없애 준다

102 모기와 사자

어느 날 모기가 사자에게 말했다.

"난 너 따위는 무섭지 않아. 나보다 네가 강하다고 믿지 않으니까! 네가 나보다 더 힘세다면 증거를 대 봐! 너는 앞발로 할퀴고 이빨로 물어뜯을 수 있지. 그러나 그런 일은 아내가 자기 남편에게 하는 짓과 똑같은 거야. 나로 말하면 너보다 힘이 더 세다 이거야. 내 말이 틀리다고 생각한다면, 덤벼봐!"

모기는 공격신호를 요란하게 울리면서 사자의 콧구멍으로 들어가 사정없이 쏘아대고, 사자의 얼굴도 물어뜯었다.

사자는 발톱으로 얼굴을 할퀴어댔지만 모기를 잡을 수가 없었다. 사자는 끝내 항복하고 말았다. 사자를 굴복시킨 모기는 왱왱 소리를 내어 승리의 노래를 부르면서 날아갔다. 승리에 도취해 있던 모기는 그만 거미줄에 걸리고 말았다. 거미에게 잡혀먹히기 직전에 모기가 울부짖었다.

"동물의 왕 사자를 물리친 내가 하찮은 거미에게 잡혀먹히다니!"

자만 뒤에는 실수가 그림자처럼 따라다닌다

103 태양의 결혼식과 개구리들

여름철이 되자 사람들은 태양의 결혼식을 축하하고 있었다. 모든 짐승들이 잔치에 참석해서 즐겁게 놀았지만, 개구리들은 함께 어울려 기뻐하지 않았다. 개구리들은 이렇게 소리치며 불평했다.

"이 바보들아! 태양은 우리가 사는 이 늪지대를 모두 말라붙게 만들었다. 태양이 결혼해서 자녀들을 낳는다고 생각해봐. 우리가 얼마나 더 지독한 고통을 당할지를…."

사태를 직시하는 혜안이 필요하다

104 여우와 원숭이의 조상 자랑

여행을 같이 하던 여우와 원숭이가 서로 자기 조상의 지위가 더 높다고 우기면서 다투었다. 그들은 조상들의 지위와 업적을 각기 자랑하다가 이윽고 한 곳에 이르렀다. 원숭이가 눈알을 이리저리 굴리면서 한숨을 내쉬었다. 여우가 이유를 묻자, 원숭이는 수많은 묘비를 가리키면서 말했다.

"우리 조상들이 거느리던 노예들에게 바쳐진 저 기념비들을 바라보자니 울음을 참기가 너무 힘들어서 그래."

여우가 짓궂은 어조로 쏘아붙쳤다.

"아, 그래? 마음대로 거짓말을 해도 좋아. 네 말을 부인하려고 일어날 사람은 저기 하나도 없으니까!"

거짓말쟁이는 자기 말을 수긍할수록 과장해서 말한다

105 고양이와 수탉

고양이가 수탉을 잡은 후, 그럴 듯한 구실을 대고 잡아 먹으려고 했다.

고양이는 꾀를 써서 수탉이 밤마다 울어대서 사람들의 잠을 방해하고 못살게 군다고 비난했다. 그러나 수탉은 사람들에게 도움이 되기 위해서 그러는 것이라고 변명했다. 자기가 사람들을 잠에서 깨우는 것은 그들이 평소에 하던 일을 계속 하도록 하려는 것이라고 말했다.

그러자 고양이는 다른 죄를 뒤집어 씌웠다. 수탉이 자신의 어머니와 누이들과 관계를 맺어서 대자연을 모독했다는 것이다. 수탉은 자기 주인의 이익을 위해서 자기가 그런 일을 했다고 변명했다. 자신의 그런 행위 때문에 암탉들이 알을 낳을 수 있다고 말했다.

마침내 고양이가 고함쳤다.

"그렇다면 좋아! 네가 그렇게 변명을 한다고 널 못 잡아먹을 줄 알아?"

악한 사람은 자기 행위를 항상 정당화시킨다

106 여우와 뱀

여우는 무화과나무 아래에서 단잠을 자고 있는 기다란 뱀에게 한 눈에 반했다.

자기도 늘씬하고 길게 쭉 뻗은 몸매를 갖고 싶었던 여우는 뱀 옆에 드러누워서 몸을 늘이기 시작했다. 결국 여우는 힘껏 몸을 늘이다가 두 토막이 나고 말았다.

뱁새가 황새 쫓아가다가 가랑이 찢어진다

107 자살을 포기한 토끼들

어느 날 산토끼들이 모여, 늘 불안하게 사는 자기들의 신세를 한탄했다.

"우린 결국 사람, 개, 독수리, 그리고 다른 짐승들의 먹이밖에 될 수 없어! 이렇게 겁에 질려 사느니, 우리 모두 한꺼번에 죽어버리는 게 낫지 않을까?"

그들은 만장일치로 모두 물에 빠져 죽기로 약속했다. 그들이 연못으로 달려가 몸을 던지려고 할 때, 연못가에 모여있던 개구리들은 토끼 군단이 달려오는 소리를 듣고 겁이 나서 물 속으로 뛰어들었다. 토끼 군단의 우두머리가 개구리들의 모습을 보고 이렇게 말했다.

"모두 멈추시오! 우린 자살할 필요가 없습니다. 자, 와서 보세요. 우리보다 더 겁이 많은 짐승들이 여기 있습니다."

사람은 자기보다 더 불행한 사람을 보고 위로를 받는다

108 까치와 까마귀

까마귀는 사람들에게 미래에 일어날 일과 그 조짐들을 알려주는 까치가 무척 부러웠다. 까마귀는 까치처럼 사람들에게 인정을 받고 싶었다.

까마귀는 여행객들이 지나가자 나뭇가지에 걸터앉아 큰 소리로 울었다. 그 소리를 들은 여행객들이 몸을 돌리더니 크게 놀라며 이렇게 말했다.

"자, 가던 길을 계속 갑시다. 저건 까마귀에 불과해요. 저 소리는 미래를 알려주지 않습니다."

누구에게나 자기에게 맞는 자리가 있는 법이다

109 고양이 목에 방울 달기

고양이에게 시달리다 지친 쥐들이 모여 회의를 열고, 고약한 고양이를 피하는 가장 좋은 방법이 무엇인지 토론했다. 수많은 의견이 나왔지만, 하나도 채택되지 못했다.

드디어 어린 쥐가 나서더니 고양이 목에 방울을 달면 고양이가 나타날 때 방울 소리를 미리 듣고 도망칠 수 있을 것이라고 말했다. 모든 쥐들이 박수를 치면서 그것이 제일 좋은 방법이라고 찬성했다.

그러자 회의 내내 구석에서 아무 말도 않고 있던 늙은 쥐가
자리에서 일어나 그 방안이 너무나 독창적이고 또 틀림없이
성공할 것으로 본다고 말했다. 그러나 그는 이렇게 질문했다.
"우리 가운데 누가 고양이 목에 방울을 달겠어?"

계획을 세우는 것과
행동으로 옮기는 것은 별개의 문제이다

110 꼬리 잘린 여우

덫에 걸렸다가 꼬리가 잘린 여우는 너무나 창피해서 앞으로 어떻게 살아야 좋을지 막막했다. 그는 꾀를 내어 다른 여우들의 꼬리도 모두 잘라버리면 자기의 약점을 감출 수 있을 거라 생각했다.

어느 날 꼬리 잘린 여우는 친구들을 한 자리에 모아 놓고 긴 꼬리는 보기도 싫을 뿐만 아니라 무거워서 끌고 다니기도 불편하고 아무 짝에도 쓸모가 없는 군더더기라고 주장하며 그들에게 꼬리를 자를 것을 권했다. 그 말에 우두머리 여우가 말했다.

"이봐! 네게 이익이 되지 않는다면 우리에게 그런 것을 권하지 않았을 거야!

자기 이익을 위해 충고하는 사람을 경계하라

111 배신한 개구리

땅에 사는 쥐가 개구리와 불행한 우정관계를 맺게 되었다. 어느 날 개구리가 나쁜 마음을 품고 쥐의 다리를 자기 다리에 묶었다.

처음에는 옥수수를 먹기 위해 둘이 땅 위를 뛰어다니다가 연못가에 이르렀다. 개구리는 물에서 요란한 소리를 내면서 놀다가 쥐를 연못 바닥으로 끌고 내려갔다.

결국 그 쥐는 물을 잔뜩 먹고 몸이 불어서 익사하고 말았다. 잠시 후 개구리 다리에 묶인 채 죽은 쥐의 몸이 물위로 떠올랐다. 그것을 본 매가 아래로 내려와서 발톱으로 채어갔다. 개구리도 같이 잡혀 매의 밥이 되고 말았다.

정의는 모든 것을 감시하고
각자에게 공평한 몫을 나누어준다

112 연못의 개구리

개구리 두 마리가 연못에서 살고 있었다. 무더운 여름이 시작되자 연못물이 차츰차츰 줄어들더니 바닥이 드러났다. 개구리들은 다른 물을 찾으러 나섰다. 이리저리 찾아다니다가 매우 깊은 우물을 발견했다.

"이 정도라면 끄떡 없겠는 걸? 우리 당장 내려가서 살자."

다른 개구리가 대꾸했다.

"만약 이 우물도 말라버린다면 우린 다시 올라올 수 없을 거야."

돌다리도 두드려 보고 건너라

113 독사와 물뱀 히드라

독사가 샘에 가서 물을 자주 마셨다. 그러자 샘에서 사는 물뱀 히드라는 자기 영역을 침범한 독사가 더 이상 오지 못하게 막기로 작정했다. 둘 사이에 원한이 깊어지자 드디어 결투를 하기로 했다. 누가 이기든 이기는 쪽이 그 일대의 땅과 샘을 차지하기로 한 것이다. 그들은 결투 날짜를 정했다.

물뱀을 미워하던 개구리들은 독사를 찾아가서 자기들이 그의 편이 되어 줄 테니 용기를 내라고 격려했다. 결투가 시작되고 독사가 물뱀과 엎치락뒤치락하며 싸웠다. 개구리들은 아무 것도 거들어 줄 수 없었기 때문에 목청을 돋구어 개골개골 울어대기만 했다. 독사가 싸움에서 이긴 후 개구리들을 비난했다. 개구리들이 자기편을 들어 싸워주기로 약속하고는 도와주기는커녕 노래만 부르고 있었다고 말이다. 그러자 개구리들이 이렇게 대꾸했다.

"우리의 응원 소리를 못 들었소?"

눈에 보이지 않는 지원도 잊지 말아야 한다

114 어리석은 여우

몹시 굶주린 여우가 목동들이 참나무 구멍 속에 남겨둔 빵조각과 고기를 발견하고 억지로 비집고 들어갔다. 정신없이 먹어 치운 여우는 구멍 밖으로 나오려 했으나 나올 수가 없었다. 그는 통곡하면서 자기 운명을 한탄했다.

마침 그곳을 지나가던 다른 여우가 그에게 다가가 무슨 일인지 물었다. 내막을 알고 난 그 여우가 이렇게 말했다.

"걱정할 게 뭐 있어? 몸이 홀쭉해질 때까지 기다렸다가 나오면 되지."

시간이 약이다

115 사슴과 동굴 속의 사자

사냥꾼들에게 추격을 당하던 사슴이 사자가 살고 있는 동굴 입구에 이르렀다. 사슴은 몸을 숨기려고 굴 속으로 들어갔다가 사자에게 잡혔다. 잡아먹히기 직전, 사슴이 이렇게 소리쳤다.

"사람들을 피해 달려온 곳이 야수의 발톱 밑이라니!"

작은 위험을 피하려다가
더 큰 위험을 만나는 경우가 종종 있다

116 사랑에 빠진 사자

어느 날, 사자가 농부의 딸을 사랑하게 되어 농부에게 딸을 달라고 청혼했다. 난폭한 야수에게 자기 딸을 내주겠다고 말할 수도 없고, 또 그렇다고 야수의 요구를 거절할 수도 없었던 농부는 한 가지 묘안을 생각해 냈다. 사자가 계속해서 독촉하자, 농부는 사자가 자기 딸의 남편이 될 자격이 충분하지만, 한 가지 조건이 있다고 말했다.

"딸이 당신의 날카로운 이빨과 발톱을 너무 무서워하니, 이빨과 발톱을 모조리 뽑은 후 다시 와서 청혼하시오. 그러면 내 딸을 당신에게 줄 것이오."

사자는 농부의 딸에게 흠뻑 빠져 있었기 때문에 기꺼이 이빨과 발톱을 뽑은 후 농부에게 찾아갔다. 그러자 농부는 사자를 실컷 두들겨 팬 뒤 문 밖으로 내쫓아버렸다.

무슨 일이든 너무 깊게 빠지면
사리 판단이 흐려지는 법이다

117 화살에 맞은 독수리

깎아지른 듯한 바위 꼭대기에서 독수리 한 마리가 산토끼를 찾아내려고 두리번거리고 있었다. 그때 사냥꾼이 활을 쏘아 화살이 독수리 살에 박혔다. 화살 끝에 붙은 화살깃을 본 독수리가 울부짖었다.

"내 깃털 때문에 죽다니, 이보다 더 큰 모욕이 어디 있단 말인가!"

패배가 자신의 책임이라고 생각하면
그 치욕과 슬픔은 한층 더 큰 법이다

118 갈가마귀와 모든 새들의 왕

제우스가 새들의 왕을 뽑으려고 날짜를 정해서 모든 새들을 집합시켰다. 그러자 새들은 제우스에게 아름답게 보이려고 목욕을 했다.

갈가마귀는 자기의 추한 모습을 감추려고 이곳 저곳을 돌아다니면서 다른 아름다운 새들의 몸에서 떨어져 나온 깃털을 주워 모아 자기 몸에 붙였다. 그러자 갈가마귀는 모든 새들 중에 가장 아름다운 새로 변했다.

마침내 왕을 뽑는 날이 되자 모든 새들이 제우스 앞에 모였다. 알록달록하게 장식한 갈가마귀도 그 자리에 끼어 있었다. 제우스는 그의 아름다운 모습을 보고 새들의 왕으로 뽑았다. 그러자 화가 난 다른 새들이 갈가마귀의 몸에서 각자 자기 몸에서 빠진 깃털들을 뽑아가버렸다. 갈가마귀는 결국 본래의 자기 모습으로 돌아갔다.

남의 것으로 허세를 부리면 안 된다

119 전나무와 가시나무

어느 날 전나무와 가시나무가 심하게 싸웠다. 전나무가 먼저 으스대며 말했다.

"내 쭉쭉 뻗은 몸을 봐. 호리호리하고 멋진 몸매를 좀 보라구. 나는 군함이나 상선들의 갑판을 장식하는 큰 임무를 맡고 있는데, 감히 나랑 비교하다니."

가시나무가 대답했다.

"네가 만일 너를 잘라낼 도끼와 톱을 안다면, 나처럼 살고 싶다고 말할걸?"

명성을 얻었다고 으스대지 마라

안전하고 편할 때 불행을 잊지 마라

4

120 제우스와 뱀

제우스가 결혼을 하자, 모든 짐승들이 찾아와서 선물을 바쳤다. 뱀이 장미 한 송이를 입에 문 채 제우스에게 기어갔다. 뱀을 보고 제우스가 말했다.

"다른 짐승들의 선물은 받겠지만, 네 선물만은 절대로 받지 않겠다."

지나친 호의를 받을 때 특히 조심하라

121 태양의 신 아폴로

모든 신들의 왕인 제우스와 태양의 신 아폴로*가 활쏘기 시합을 했다. 아폴로가 활시위를 당겨 화살을 날려보내자, 제우스는 아폴로의 화살이 닿는 곳보다 더 먼 곳까지 단숨에 달려가 버렸다.

이길 수 없는 적과 싸우는 것은
기름통을 지고 불 속으로 뛰어드는 것과 같다

아폴로 : 그리스 신화에서 태양신인데, 빛과 치료와 젊음과 음악의 신이기도 하다. 헬리오스 신과 동일한 신으로 일명 포이보스라고도 하며 신탁을 주관한다.

126

122 사악한 뱀

어느 겨울날, 집으로 돌아가던 농부가, 몸이 꽁꽁 얼어 길가에 누워있는 뱀을 발견하고 불쌍히 여겨 품에 안고 집으로 가서 벽난로 근처에 놓아주었다.

따뜻한 집 안에서 몸이 녹자 뱀은 농부의 아내와 아이들을 공격하기 시작했다. 비명소리를 듣고 달려간 농부는 화가 나서 도끼를 들어 뱀을 죽여버렸다.

은혜를 모르는 사람에게는
친절을 베풀어도 아무 소용이 없다

123 거북이가 집을 지고 다니는 이유

제우스는 결혼식 날 모든 짐승들을 피로연에 초대했다. 그런데 거북이만 참석하지 않았다. 이상히 여긴 제우스는 다음 날 거북이에게 물었다.

"너만 내 피로연에 참석하지 않았는데, 이유가 뭐냐?"

거북이가 이렇게 대답했다.

"저는 제가 사는 집이 세상에서 최고라고 생각하거든요."

그 말에 제우스는 화가 나서 거북이에게 그가 가는 곳마다 자기 집을 등에 지고 다니는 벌을 내렸다.

경사에 동참하면 기쁨이 배가 된다

124 의사 개구리

어느 날 개구리가 모든 짐승들을 향해서 소리쳤다.

"난 의사요. 모든 병의 치료법을 알고 있으니 나에게 와서 치료를 받으시오!"

그 소리를 들은 여우가 소리쳐 대꾸했다.

"절룩거리는 네 다리도 고치지 못하는 주제에 어찌 다른 짐승의 병을 고친단 말이냐?"

지나친 오만은 남의 빈축을 사게 마련이다

125 여우와 표범

여우와 표범이 누가 더 아름다운지 다투었다. 표범은 놀랍게도 자주 변하는 털을 자랑했다. 그러자 여우가 말했다.

"그래? 그럼 난 너보다 훨씬 더 아름다워! 왠지 알아? 난 털뿐 아니라 마음도 잘 변하거든."

자랑에 급급하기보다는
냉정한 자아성찰에 임하라

126 홍방울새와 박쥐

새장에 갇혀 있는 홍방울새가 밤에 노래를 불렀다. 멀리서 그 소리를 듣고 가까이 다가온 박쥐가 왜 낮에는 입을 다물고 조용히 있다가 밤에만 노래하는지 물었다.

홍방울새가 이렇게 대답했다.

"그건 다 이유가 있지. 나는 낮에 노래를 부르다가 잡혔기 때문에 밤에만 노래하기로 했어. 붙잡히고 난 뒤에 난 더 영리해졌거든."

박쥐가 대꾸했다.

"이제는 조심해 봐야 너무 늦었어. 붙잡히기 전에 조심했어야지."

불행이 닥친 뒤에 후회해야 아무 소용이 없다

127 고양이와 암탉들

어느 작은 농장에 병든 닭이 있다는 정보를 알게 된 고양이는 의사로 변장한 후 치료기구들을 챙겨 농장으로 갔다.

농장에 도착한 고양이는 닭을 진찰하며 어떻게 지내느냐고 물었다. 그러자 닭들이 이렇게 대답했다.

"당신이 여기 얼씬거리지 않는다면, 우린 평생 동안 건강하게 아주 잘 지낼 거예요."

악한 사람이 아무리 정직한 척해도
지혜로운 사람을 속일 수 없다

128 염소 새끼와 플루트를 부는 늑대

염소떼에서 떨어져 늑대의 추격을 받게 된 염소 새끼가 이렇게 말했다.

"늑대야, 난 네게 잡혀먹힐 운명이라는 걸 잘 알아. 그렇지만 수치스럽게 죽고 싶지는 않아. 그러니까 내가 춤을 출 수 있도록 플루트로 한 곡 연주해 줘."

늑대가 플루트를 불고 염소 새끼가 춤을 추고 있을 때, 사냥개 몇 마리가 달려오더니 늑대를 추격했다. 늑대가 염소 새끼를 향해 이렇게 말했다.

"이건 모두 내 잘못이야. 난 원래 플루트 연주가 아니라 백정 노릇을 했어야 마땅하니까."

사태를 잘못 판단하면
이미 얻었던 것마저도 잃고 마는 법이다

129 황소들과 마차 굴대

황소 몇 마리가 마차를 끌고 있었다. 마차 굴대가 삐걱거리자 그들이 몸을 돌려 굴대에게 말했다.

"이거 봐. 무거운 짐을 끌고 가는 건 우리인데, 네가 신음 소리를 내는 건 뭐냐?"

남들이 열심히 일할 때, 혼자서만 엄살을 부리지 마라

130 사자를 처음 본 여우

어느 날 여우가 사자와 정면으로 마주치게 되었다. 난생 처음 사자를 본 여우는 너무나 무서워서 그 자리에서 당장 죽어버릴 것만 같았다.

여우가 두 번째 사자를 만났을 때는 겁이 나기는 했지만 처음보다 덜했다. 세 번째로 만났을 때 여우는 용기를 내서 사자에게 다가가 말도 걸 수 있었다.

상대방에게 익숙해지면 두려움도 사라지는 법이다

131 흰 담비와 줄

흰 담비가 대장간에 기어 들어가 쇠를 가는 줄을 발견하고 그것을 핥았다. 혀에서 피가 흘렀으나 흰 담비는 자기가 쇠에서 즙을 빨아먹고 있다 생각하고 매우 기뻐했다. 그러다가 혀를 잃어버리고 말았다.

말싸움을 잘 하는 사람은 결국 자기 자신을 해친다

132 갈가마귀의 희망

배고픈 갈가마귀가 무화과나무 가지에서 먹이를 찾을 생각도 안 하고 마냥 시간만 보내고 있었다. 여우가 그 새를 발견하고 왜 그렇게 앉아 있느냐고 물었다. 그러자 갈가마귀는 열매가 익기를 기다리고 있다고 말했다. 그 말을 들은 여우가 말했다.

"희망은 당장 배를 부르게 만들어 주지 않아."

노력하지 않으면
소망은 항상 소망으로 남아있을 뿐이다

133 어린 암소와 숫소

밭에서 일하는 숫소를 바라보던 어린 암소가 중노동에 시달리는 숫소의 신세를 동정했다. 바로 그 때 종교의식을 위한 행렬이 마침 거기를 지나가게 되었는데, 사람들이 숫소의 멍에는 풀어주었지만 암소는 붙잡아갔다. 그리고 암소를 종교행사의 제물로 쓰기 위해 도살할 준비를 했다.

그 광경을 바라본 숫소가 미소를 띠며 말했다.

"어린 암소야, 바로 그러니까 넌 할 일이 없었던 거야. 제물이 될 신세니까 말야."

게으름뱅이 앞에는 항상 위험이 도사리고 있다

134 곰과 여우

하루는 곰이 여우에게 큰소리를 쳤다.

"나는 죽은 사람은 절대로 안 먹어. 내가 얼마나 인간을 사랑하는지 알겠지?"

여우가 쏘아붙쳤다.

"난 네가 산 사람보다 죽은 사람을 뜯어먹게 되기를 하늘에 빌겠어."

탐욕스러운 사람은 위선과 허영으로 무장한다

135 독수리와 갈가마귀

높은 절벽에서 날아내려온 독수리가 어린양 한 마리를 덮쳤다. 그 광경을 지켜보고 있던 갈가마귀가 경쟁심에 불타 자기도 따라하기로 결심했다.

갈가마귀는 요란한 소리를 내면서 양을 덮쳤다. 갈가마귀 발톱이 곱슬곱슬하고 두터운 양털에 박히기는 했지만, 아무리 날개를 퍼덕여도 날아오를 수가 없었다.

그때 잠에서 깨어난 양치기가 허겁지겁 달려가 갈가마귀를 잡았다. 양치기는 갈가마귀의 날개 끝을 잘랐다. 저녁때가 되자 새를 들고 집으로 돌아가 아이들에게 보여주었다.

"아버지! 그게 무슨 새예요?"
"갈가마귀 같은데, 독수리처럼 양을 낚아채고 있더라구!"

힘있는 사람과의 경쟁은
조롱거리밖에 되지 않는다

136 황금알을 낳는 닭

황금알을 낳는 아름다운 암탉을 가진 남자가 있었다.

그는 암탉의 뱃속에 커다란 황금 덩어리가 들어 있을 것이라고 생각해서 그 암탉을 잡아죽였다. 그러나 암탉의 뱃속은 다른 닭과 조금도 다르지 않았다.

단숨에 큰 재산을 얻으려다가 그는 이미 확보했던 작은 이익마저도 잃고 말았다.

탐욕을 만족시켜줄 수 있는 것은 하나도 없다

137 돌고래들과 고래들의 전쟁, 그리고 모샘치들

돌고래들과 고래들이 싸움을 벌였다. 싸움이 더욱 치열해지자, 아주 작은 생선인 모샘치가 수면 위로 고개를 내밀고는 양쪽을 화해시키려고 했다. 그러자 돌고래 한 마리가 쏘아부쳤다.

"너를 중재자로 두는 것보다는 우리끼리 싸우다가 죽는 것이 덜 수치스러워."

싸움을 말리려고 끼여드는 사람은
아무 것도 아닌 주제에 자기를 과대 평가한다

138 지붕 위의 염소 새끼

지붕 위로 올라가게 된 염소 새끼가 지나가던 늑대를 보고 놀려대기 시작했다. 그러자 늑대가 이렇게 말했다.

"야, 이놈아! 나를 조롱하는 것은 네가 아니라 네가 서 있는 바로 그 지붕이란 걸 알아라."

자기보다 더 강한 사람에게 감히 맞서려고 한다

139 여우와 개

여우가 양떼 속에 슬쩍 기어들어가 어린양 한 마리를 손으로 잡았다. 그리고 그 어린양을 어미 젖꼭지에서 떼어내 쓰다듬어 주는 척했다. 그러자 양떼를 지키는 개가 물었다.

"너 지금 뭐하고 있는 거니?"

여우가 대답했다.

"그냥 쓰다듬어주면서 같이 놀고 있어요."

개가 고함쳤다.

"당장 그만둬! 쓰다듬어 주는 게 뭔지 내가 가르쳐 줄까?"

어리석은 도둑의 꾀는 통하지 않는다

140 황소 세 마리와 사자

황소 세 마리가 초원에서 풀을 뜯고 있었다. 사자는 그들을 잡아먹고 싶어서 기회만 노리고 있었지만, 그들이 항상 같이 몰려다니기 때문에 손을 쓸 수가 없었다.

그래서 사자는 모함하는 소문을 퍼뜨려 그들이 서로 미워하고 흩어지게 만들려 했다. 이윽고 그들이 뿔뿔이 흩어지고 나자, 사자가 차례로 잡아먹었다.

뭉치면 살고, 흩어지면 죽는다

141 토끼와 거북이

어느 날 토끼와 거북이는 달리기 경주를 하기로 했다. 둘은 출발시간과 목적지를 정한 후 경주를 시작했다. 토끼는 빠른 자기 다리만 믿고 전혀 서두르지 않았다. 한참 가다가 길가에 누워 잠을 잤다.

그러나 거북이는 자기가 느리다는 것을 잘 알고 있었기 때문에 쉬지 않고 엉금엉금 기어서 잠자는 토끼를 따라잡았다.

결국엔 거북이가 먼저 목적지에 도착해서 경주에 이기게 되었다.

꾸준한 노력은 성공의 지름길이다

142 노새의 아버지는 당나귀

밀을 많이 먹고 몸이 뚱뚱해진 노새가 제멋대로 뛰어다니며 작은 소리로 중얼거렸다.

"우리 아버지는 무서운 속도로 달리는 말이다. 난 어느 모로 보나 아버지를 닮았지."

어느 날 노새가 달리기 시합에 나가지 않을 수 없었다. 경주가 끝난 뒤 노새는 시무룩한 표정을 지었다. 자기 아버지가 당나귀라는 사실을 기억해 낸 것이다.

인생이란 한 치 앞을 내다볼 수가 없는 것이다

143 말의 울음소리를 내는 매

예전의 매는 요즈음의 매와 달리 높고 날카로운 소리를 내며 울었다. 어느 날 말이 멋지게 우는 소리를 듣고 그 소리를 흉내내고 싶었지만, 아무리 애써도 말처럼 소리를 낼 수가 없었다. 그와 동시에 매는 자기 본래의 목소리조차 잃어버리고 말았다.

시기심에 사로잡힌 사람은 자기 능력마저 잃는다

144 참치와 돌고래

돌고래의 추격을 받게 된 참치가 필사적으로 달아나면서 물방울을 사정없이 튀겼다. 돌고래가 막 참치를 잡아먹으려는 순간, 참치는 있는 힘을 다해 몸부림치다가 그만 모래밭으로 튀어올라갔다.

그 서슬에 돌고래도 역시 모래밭으로 튀어올라가, 둘은 나란히 누워 있게 되었다. 마지막 숨을 몰아쉬면서 죽음을 기다리던 참치가 말했다.

"난 이제 죽음도 두렵지 않아. 날 잡아먹으려던 놈도 죽게 되었으니까."

> 자기에게 불행을 가져다 준 사람도 같이 불행해지면
> 자신의 불행이 그리 역겹지가 않다

145 말의 사료를 훔치는 말 사육사

말 사육사가 말에게 먹일 밀을 가끔씩 시장에 내다가 팔아먹곤 했다. 그는 사료를 훔친 날에도 하루종일 말의 털을 빗질해주곤 했다. 그러자 말이 말했다.

"날 멋진 말로 만들려면 내가 먹을 밀을 훔쳐가지 마세요."

> 탐욕스러운 사람은 남을 그럴 듯하게 속이고 비위를 맞춘다

146 전쟁터에도 못 나가는 기운 빠진 말

전쟁이 나자 군인이 말에게 사료를 잘 먹이면서 힘들고 어려운 상황을 잘 대처해나갔다. 그러나 전쟁이 끝나자 말은 잡일이나 하고 무거운 짐을 옮기며 겨우 밀짚만 얻어먹을 뿐이었다.

그 후에 전쟁이 다시 터지자 주인은 말에 고삐를 채우고 갑옷을 입고 말에 올라탔다. 그러나 밀기울만 먹어서 기운이 빠진 말은 계속 비틀거렸다. 말이 주인에게 말했다.

"이제 주인께서는 보병들과 함께 걸어야겠소. 당신이 날 당나귀로 만들어 놓고, 이제는 다시 전쟁터로 내몰려는 거요?"

안전하고 편할 때 불행을 잊지 마라

147 늑대와 어린 양

늑대가 시냇가에서 물을 마시는 어린 양을 보고는 잡아먹을 구실을 생각해내려고 애썼다. 그래서 자기가 상류에 있는데도 불구하고 어린 양이 물을 흐려놓기 때문에 자기가 물을 마실 수가 없다고 주장했다.

어린 양은 자기는 오로지 혀끝으로만 물을 마시고, 더욱이 자기는 하류에 있기 때문에 상류의 물을 흐리게 만들 수 없다고 항변했다. 자기 계획이 물거품으로 돌아가자 늑대는 이렇게 시비를 걸었다.

"넌 작년에 우리 아버지를 모욕했어."

"작년에는 제가 태어나지도 않았어요."

늑대가 다시 입을 열었다.

"네가 아무리 항변을 해도 소용없어. 난 어쨌든 널 잡아먹을 테니까."

남을 해치기로 결심한 사람 앞에서는
아무리 옳은 항변도 소용이 없다

148 강물 속에서 똥을 싼 낙타

물살이 빠른 강을 건너던 낙타가 물 속에서 똥을 쌌다. 그리고 빠른 물살에 쓸려 자기보다 앞서 가는 똥을 보고 이렇게 말했다.

"내 뒤에 있던 것이 어떻게 나보다 먼저 가지?"

바보가 똑똑한 사람보다 더 뛰어난 경우도 있다

149 낙타와 코끼리와 원숭이

짐승들이 모여서 왕을 뽑기로 했다.

낙타와 코끼리가 동물들 앞에서 서로 자기가 왕이 될 자격이 있으니 표를 달라고 했다. 낙타나 코끼리는 크고 힘이 좋아서 자신이 있었던 것이다.

그때 원숭이가 나서서 둘은 왕이 될 자격이 없다고 주장하면서 이렇게 말했다.

"낙타는 나쁜 짓을 하는 자에게 한번도 화를 낸 적이 없기 때문에 안 됩니다. 코끼리는 돼지 새끼를 너무 무서워해서 안 됩니다. 돼지 새끼를 무서워하면서 어떻게 우리를 보호할 수 있겠소?"

고위직에 오르려면 사소한 일에도 방해를 받게 된다

150 수탉과 보석

수탉이 자기와 자기가 거느리는 암탉들을 위해서 먹이를 찾으려고 흙을 헤치고 있었다. 그러다가 우연히 보석을 발견했다. 그것이 무엇인지는 모르지만 분명히 귀중한 물건이라는 것을 알아차린 수탉이 말했다.

"네 가치를 알아주는 사람들에게는 넌 분명히 매우 소중한 것이야. 그렇지만 난 온 세상의 모든 보석보다 보리 한 알을 더 원해."

보는 사람의 눈에 따라 물건의 가치가 달라진다

151 투구풍뎅이 두 마리

황소 한 마리가 살고 있는 작은 섬에서 투구풍뎅이 두 마리가 황소의 똥을 먹고 살았다.

겨울이 되자 풍뎅이 한 마리가 육지로 가고 싶다고 다른 풍뎅이에게 말하면서, 육지에 먹을 것이 많으면 가져오겠다고 약속했다. 그리고 그 풍뎅이는 바다를 건너 육지로 갔다. 육지에는 짐승들의 똥이 많아서 그 풍뎅이는 실컷 먹고 살이 쪘다.

겨울이 지난 후에 그는 다시 자기가 살던 섬으로 돌아갔다. 그때 섬에 남아있던 풍뎅이가 살 찐 그를 보고, 먹을 것을 가져오겠다는 약속도 지키지 않았으며 그 동안 한번도 찾아오지 않았다고 비난했다. 그러자 이기적인 풍뎅이가 이렇게 말했다.

"육지엔 먹을 것이 많았지만 그걸 가져올 수는 없었어."

말만 앞세우는 친구는 참된 친구가 아니다

152 비버

연못에 사는 네 발 짐승 비버의 생식기는 병의 특효약으로 알려져 있다. 그래서 사람들은 비버만 보면 잡으려고 했다. 그 사실을 안 비버는 사람들이 나타나면 재빨리 달아났지만, 위기를 당하면 자기 생식기를 물어뜯어서 그것을 사람에게 던져주고 목숨을 구했다.

강도를 만나면 지갑을 내주고
목숨을 구하는 것이 현명하다

153 도둑들이 수탉을 죽이는 까닭

도둑들이 어느 집의 수탉을 강탈해와서 잡아먹으려 하자 수탉이 제발 살려달라고 애걸하면서 말했다.

"나는 새벽에 잠든 사람들을 깨워서 일을 하도록 합니다. 사람들에게 유익한 나를 왜 잡으려고 합니까?"

그러자 도둑들은 이렇게 말했다.

"네가 사람들을 깨우니까 우리가 도둑질을 할 수 없잖아."

악한 사람들이 없어질수록 선한 사람들이 덕을 본다

154 게와 여우

바다에서 해안으로 기어나온 게가 혼자 조용히 살다가 굶주린 여우한테 잡혔다. 게가 죽으면서 이렇게 말했다.

"바다에서 살던 내가 어리석게도 육지에서 살 수 있다고 믿었다니!"

분수에 넘친 일은 하지 않는 것이 좋다

155 늙은 말의 신세

늙은 말이 연자방앗간 주인에게 팔려서 맷돌을 돌리게 되었다. 거대한 맷돌을 돌리기 위해 그에게 멍에가 지워지자, 그는 신음하면서 소리쳤다.

"경마장에서 달리던 내가 이젠 이런 신세로 전락하다니!"

젊다고 자랑하지 마라

156 여우와 고슴도치

강을 건너가던 여우가 물결에 휩쓸려 좁은 바위틈에 끼였는데, 기운이 다 빠져서 오랫동안 빠져 나올 수가 없었다.

엎친 데 덮친 격으로 말파리 떼가 달려들어 여우를 쏘아댔다. 마침 그곳을 지나가던 고슴도치가 불쌍한 생각이 들어 말파리 떼를 쫓아버렸다.

그런데 의외로 여우는 그런 짓을 하지 말라고 고슴도치를 말렸다. 고슴도치가 이유를 묻자, 여우가 이렇게 대답했다.

"여태껏 내 피를 빨아먹던 저 말파리들은 이미 배가 불렀지. 그러나 네가 그들을 쫓아버리면 굶주린 말파리들이 새로 달려들어 내 몸에는 피가 한 방울도 남아나지 않을 거야."

악독한 지배자를 쫓아버리면
더 악독한 지배자를 만나는 경우가 있다

157 엄마 게와 아기 게

엄마 게가 아기 게에게 이렇게 말했다.

"옆으로 기어가지 말아라. 미끄러운 바위에 옆구리를 부딪칠라."

아기 게가 엄마 말에 이렇게 대답했다.

"엄마가 먼저 똑바로 걸어가야 내가 보고 배우죠."

가르치는 사람이 곧아야 배우는 사람도 바르다

158 지빠귀

도금양 꽃이 만발한 숲에서 딸기를 쪼아먹던 지빠귀가 달콤한 향기에 취해서 그곳을 떠날 수가 없었다. 그때 지빠귀를 발견한 사냥꾼이 끈끈이 덫으로 새를 잡았다. 죽음을 앞둔 지빠귀가 이렇게 탄식했다.

"먹는 데 정신을 팔다가 목숨을 잃다니, 참으로 한심하구나!"

쾌락은 파멸을 불러온다

159 갈가마귀와 까마귀들

몸집이 큰 갈가마귀가 몸집이 작은 갈가마귀들을 경멸하며 까마귀들에게 가서 함께 살게 해달라고 요청했다. 그러나 까마귀들은 그를 두들겨 패서 쫓아냈다.

그는 기가 죽어서 갈가마귀 무리로 돌아왔지만, 자기들을 버리고 떠난 그에게 화가 난 갈가마귀들은 그를 다시 받아주지 않았다. 결국 그는 갈가마귀 무리와 까마귀 무리 양쪽에서 추방되고 말았다.

조국을 배신하면 갈 곳이 없다

160 낙타와 제우스

황소의 뿔이 부러운 낙타가 자기도 그런 뿔을 갖고 싶어서 제우스 신에게 뿔을 갖게 해달라고 애걸했다.

제우스 신은 낙타가 엄청난 체구와 힘을 갖고도 만족하지 못하고 욕심을 내는 것을 보고 크게 화가 나서 뿔을 주기는 커녕 귀를 잘라냈다.

탐욕은 있는 것마저도 잃게 한다

똑같은 실수를 두 번 다시 범하지 말라

5

161 잠자는 개와 늑대

농장 앞에서 개가 잠이 들었다. 그때 늑대가 나타나자 개가 빌었다.

"난 지금 몸이 삐쩍 말랐어요. 조금만 기다리세요. 우리 주인이 곧 결혼식 피로연을 열게 되는데, 그때 내가 실컷 먹어 살이 찌면 당신에게 더 좋은 먹이가 될 수 있을 거예요."

늑대가 그 말을 믿고 개를 놓아주었다.

얼마 후 다시 돌아온 늑대는 그 개가 지붕 위에서 잠든 것을 보았다. 늑대가 개에게 전에 한 약속을 지키라고 소리쳤다. 그러자 개가 이렇게 말했다.

"이 고약한 늑대야! 내가 다시 농장 앞에서 자면 잡아먹어라."

지혜로운 사람은 똑같은 실수를 범하지 않는다

162 까마귀와 여우

까마귀 한 마리가 고깃덩이를 훔쳐 달아나다가 나무 가지 위에서 쉬고 있었다.

여우가 까마귀를 발견하고 눈을 반짝거리며 말했다.

"넌 그 어느 새보다 아름답고 품위가 있구나. 만일 네가 목청마저 아름답다면 넌 틀림없이 왕이 될 수 있을 거야."

순간 까마귀는 귀를 번쩍 세우고 자기 목소리가 아름답다
는 것을 보여주려고 입을 열었다. 그 순간 입에 물고 있던 고
깃덩이를 떨어뜨리고 말았다. 그때 여우가 잽싸게 달려가서
고깃덩이를 움켜쥐면서 말했다.

　"어리석은 까마귀야! 네 판단력이 뛰어났다면 새들의 왕이
될 생각은 안 했으련만. 쯧쯧!"

자기 분수를 모르는 어리석은 자가 많다

163 춤추는 낙타

주인이 낙타에게 춤을 추라고 강요하자, 낙타가 '나는 걸어갈 때도 꼴이 흉한데, 춤을 추면 얼마나 더 보기 싫겠소' 라고 말했다.

미운 털이 박히면 모든 행실이 다 밉다

164 탈출한 갈가마귀

어떤 사람이 갈가마귀를 잡아서 다리에 부드러운 줄을 맨 뒤 자기 아이에게 주었다. 그러나 갈가마귀는 포로 신세를 한탄하고만 살 수가 없었다.

그는 감시가 소홀한 틈을 타서 자기 둥지로 달아났다. 그러나 다리에 매달린 줄이 나무 가지에 걸려 오도가도 못하고 굶어죽게 되자 한탄하며 말했다.

"사람의 노예로 사는 것이 참을 수 없더니, 이젠 목숨마저 잃게 되었구나."

사소한 위험을 피하려다 목숨까지 잃는 수도 있다

165 손님 대접을 받은 개

어떤 사람이 친구들을 초대하고 식탁을 차렸다. 그때 그의 개도 다른 집 개를 초대하면서 이렇게 말했다.

"우리 집으로 와서 나하고 같이 저녁을 먹자."

초대받은 개가 기뻐서 식탁에 쌓인 음식을 둘러보고 혼잣 말로 중얼거렸다.

"이게 웬 떡! 마음껏 배를 채우면 내일은 온종일 안 먹어도 되겠지!"

그 개가 자기를 초대해 준 개에게 고맙다는 인사로 꼬리를 흔들었다. 그것을 본 요리사가 개를 잡아서 창 밖으로 내던 졌다. 그 개는 다리가 다쳐서 끙끙거리며 집으로 돌아가다가 도중에서 다른 개들을 만났다. 그 중 한 마리가 그 개에게 물 었다.

"저녁은 잘 먹었겠지?"

그러자 그 개가 대답했다.

"술에 너무 취해서 그 집에서 어떻게 나왔는지도 기억이 나지 않아."

지나친 호의를 베푸는 사람을 조심하라

166 달팽이들

농부가 달팽이들을 불에 굽기 시작했다. 달팽이들이 몸을 비틀며 내는 소리를 듣고 그가 말했다.

"바보들! 자기 집에 불이 났는데 춤을 추다니!"

남의 딱한 처지를 이해하는 사람은 적다

167 머리에 볏이 달린 종달새

머리에 볏이 달린 종달새가 밀밭에서 덫에 걸리자 탄식하면서 말했다.

"아, 난 돈이든 황금이든 한번도 훔친 적이 없는데, 이 작은 밀 알 하나 때문에 죽는구나."

사소한 이익이라도 탐내면 화를 자초한다

168 갈가마귀와 비둘기들

갈가마귀가 비둘기들이 잘 사는 모습을 보자 샘이 났다. 갈가마귀는 검은 깃털을 하얗게 칠해서 변장을 하고 비둘기들 속에 끼어들어 그들 먹이를 가로채기 시작했다.

처음에는 비둘기들이 그를 몰라보았지만 곧 발각되었다. 갈가마귀가 신분을 감춘 사실을 잠시 잊고 큰소리를 내질렀기 때문이었다. 낯선 목소리를 들은 비둘기들이 갈가마귀를 내쫓아버렸다.

갈가마귀는 비둘기에게 쫓겨 집으로 돌아갔지만, 하얀 깃털 때문에 그를 알아보지 못한 갈가마귀들이 다시 쫓아내었다. 그는 결국 오도가도 못하는 외톨이 신세가 되고 말았다.

누구나 자기 운명에 만족해야 한다

169 백조와 주인

백조는 죽기 직전에만 노래한다.

어떤 사람이 백조가 노래를 잘 부르는 새라는 말을 듣고 시장에 가서 돈을 주고 백조를 샀다. 어느 날 밤, 그가 잔치를 베풀면서 백조에게 노래를 하라고 요청했지만 백조는 입을 굳게 다물고 있었다. 주인이 화가 나서 백조에게 잡아죽이겠다고 말했다.

그러자 백조는 자기가 곧 죽게 된다는 것을 알고 자신의 죽음을 애도하는 노래를 불렀다. 그 노래를 들은 주인이 말했다.

"네가 죽기 직전에만 노래를 부른다는 것을 깜박 잊고 노래를 시킨 내가 바보였구나."

먼저 상대의 입장을 알고 대처하라

170 노래 부르는 백조

어느 부자가 백조와 거위를 키웠다. 백조는 목소리 때문에 키웠고, 거위는 식탁에 올려놓기 위해 키웠다.

어느 날 밤 부자는 거위를 잡으러 갔지만 어두워서 두 마리 중 어느 것이 거위인지 백조인지 구별을 못해 그만 백조

를 잡고 말았다. 백조는 주인의 손에 잡히자 슬퍼서 노래를
불렀다. 주인은 그 목소리를 듣고 백조를 살려주었다.

하늘이 무너져도 솟아날 구멍은 있다

171 병든 까마귀

병든 까마귀가 엄마 까마귀에게 말했다.
"신에게 낫게 해달라고 기도하세요. 그리고 울지 마세요."
엄마 까마귀가 대꾸했다.
"애야, 네게 먹이를 도둑맞지 않은 신이 하나라도 남아 있
단 말이냐?"

원수가 많으면 위급할 때 손 벌릴 곳이 없다

172 까마귀와 개

까마귀가 아테나 여신에게 제물을 바치고 개를 초대해서
그 제물을 같이 먹자고 했다. 개가 이렇게 말했다.
"넌 헛된 일을 하는구나. 아테나 여신은 널 미워해서 네게
심판을 내릴 참인 줄 모르냐?"
그러자 까마귀가 개에게 말했다.
"바로 그 이유 때문에 난 제물을 바친 거야. 그래서 난 여
신과 화해하려는 거지."

핍박하는 자를 도우라

173 두 마리의 개

어떤 사람이 개 두 마리를 갖고 있었다. 하나는 사냥을 위해서 또 하나는 집을 지키기 위해서였다. 사냥개가 들에 나가 짐승들을 물어오면 주인은 집 지키는 개에게도 고깃덩이를 던져주었다.

그것을 본 사냥개는 화가 나서 집 지키는 개에게 자기는 고생해서 짐승을 잡아오는데 넌 가만히 앉아서 먹을 것만 챙기냐고 비난했다. 그러자 집 지키는 개가 말했다.

"고기를 주는 건 주인이지 네가 아닌데, 왜 내 탓을 하지?"

원망은 흔히 약자에게 돌려지기 마련이다

174 배가 터져 죽은 개들

굶주린 개들이 강물에 떠내려가는 짐승을 발견했다. 개들은 헤엄을 칠 수가 없으니 짐승을 먹기 위해 먼저 강물을 모조리 마셔버리기로 했다. 그러나 그들은 짐승을 먹기 전에 너무 물을 많이 마셔서 배가 터져 버렸다.

이익에 눈이 멀면 목적을 이루기 전에 피해를 본다

175 사냥개

집에서 사육된 개가 들짐승과 싸우는 훈련을 받았다. 어느 날 들짐승들을 보자 놀라서 목에 매달린 가죽끈을 끊고 거리로 달아났다. 그때 황소처럼 덩치가 큰 그 개를 보고 다른 개들이 물었다.

"넌 왜 도망치는 거냐?"

"난 배가 터지도록 잘 먹고는 살았지만 곰과 사자와 싸워야했어. 그 때마다 죽을 고비를 넘기곤 했지."

그 말을 들은 다른 개들이 이렇게 말을 주고받았다.

"비록 가난하지만 우리가 더 편하게 살고 있어. 사자나 곰과 싸울 필요가 없으니까."

자위가 때로 평안을 가져다 줄 수도 있다

176 개와 산토끼

사냥개가 산토끼를 잡아서 죽이려고 하다가 죽이지 않고 입맛만 다셨다. 그런 반복적인 동작에 진저리가 난 산토끼가 이렇게 말했다.

"날 물어 죽이든가 키스를 해요. 그래야 당신이 원수인지 친구인지 알 수 있잖아요!"

177 욕심 많은 개

고깃덩이를 문 개가 강을 건너고 있었다. 물에 비친 자기 모습을 본 개는 자기 고깃덩이보다 더 큰 것을 다른 개가 물 속에 있는 것을 발견했다.

개는 자기 고깃덩어리를 떨어뜨리고 말았다. 더 큰 고깃덩이를 빼앗으려고 물 속으로 뛰어들었다.

지나친 욕심은 자신을 불행하게 만든다

178 개와 조개

달걀을 삼키는 습관을 가진 개가 있었다.

어느 날 그가 조개를 발견했다. 그것이 달걀인 줄 알고 개는 입을 크게 벌려 조개를 꿀꺽 삼켜버렸다. 그러나 개는 속이 묵직해지면서 마침내 병에 걸려서야 이렇게 말했다.

"둥그런 것은 모두 달걀이라고 생각한 내가 잘못이다."

편견이 심한 사람은 큰코를 다친다

179 개와 푸줏간 주인

개가 어느 푸줏간으로 뛰어들어가 주인이 바쁘게 일하는 사이에 소의 심장을 물고 달아났다. 주인이 달아나는 개에게 소리쳤다.

"이놈아! 네 놈 때문에 심장을 잃기는커녕 오히려 강심장을 얻었다."

불행한 사고가 의외의 행운을 가져오기도 한다

166

180 방울이 달린 개

어떤 개가 사람들을 보기만 하면 물어뜯었다. 주인은 개 목에 방울을 달아 사람들에게 그가 가까이 간다는 것을 미리 경고했다. 개는 아무 것도 모르고 방울소리를 요란하게 내면서 시장바닥을 어슬렁거렸다. 늙은 암캐가 말했다.

"왜 그렇게 으스대는 거야? 네가 잘나서 그 방울을 달아준 줄 아니? 네 고약한 버릇을 온 세상에 알려주려고 그런 거야."

자만심에 빠진 사람은
허영에 들뜬 행동으로 어리석음을 드러낸다

181 사자를 추격하는 사냥개

사자를 발견한 사냥개가 사자를 추격하기 시작했다. 그러나 사자가 몸을 돌려서 큰소리로 으르렁거리자, 개는 겁에 질려서 뒤돌아 달아났다.

그 모양을 본 여우가 개에게 말했다.

"멍청한 놈 같으니! 사자를 잡겠다고 추격하더니 으르렁거리는 소리조차 견디지 못하다니!"

건방진 사람들은 큰 소리를 먼저 친다

182 수탉과 여우

개와 수탉이 아주 친하게 지냈다. 밤이 되자 수탉은 잠을
자기 위해 나뭇가지 위로 올라갔고, 개는 나무 밑둥에 자리
를 잡았다. 수탉은 습관대로 새벽이 오자 큰소리로 울었다.
그 소리에 잠을 깬 여우가 나무 밑에서 수탉에게 말했다.

"너처럼 아름다운 목소리를 가진 친구는 내가 꼭 껴안아주
고 싶으니, 어서 내려오너라!"

수탉이 대꾸했다.

"나무 밑에서 자고 있는 개를 깨워주면 즉시 아래로 내려
가겠어."

여우가 개를 깨우자, 개는 재빨리 여우를 덮쳐서 갈기갈기
찢어 죽였다.

지혜로운 사람은 위험을 현명하게 대처한다

183 사자와 늑대와 여우

늙고 병든 사자가 굴에 누워 있었다. 모든 짐승들이 왕에게 문안을 드리러 찾아갔지만, 여우만은 가지 않았다. 좋은 기회라고 생각한 늑대가 사자 앞에서 여우를 비난했다.

"여우는 폐하나 폐하의 통치에 대해서 존경심이 없어요. 그러니까 문안 드리러 찾아오지 않는 겁니다."

늑대가 그런 말을 하고 있을 때 마침 여우가 거기 도착해서 그 말을 엿들었다. 여우를 본 사자는 으르렁거리며 화를 냈다. 여우는 그럴 듯한 구실을 대서 변명하기 시작했다.

"여기 모인 모든 짐승들 가운데 어느 누가 저보다 폐하를 위해 더 좋은 일을 했겠어요? 저는 아주 먼 지방까지 두루 돌아다니면서 폐하의 병을 고칠 방법을 의사들에게 물었고, 그래서 한 가지 치료법을 알아냈습니다."

사자는 여우가 알아낸 그 치료법이란 것이 무엇인지 당장 말하라고 요구했다. 그러자 여우가 말했다.

"늑대를 산 채로 가죽을 벗긴 뒤, 그것이 아직 따뜻하게 남아 있을 때 폐하가 그 가죽으로 몸을 싸는 것입니다."

사자는 즉시 늑대를 끌어내 산 채로 가죽을 벗기라고 명령했다. 늑대가 끌려나갈 때 여우가 미소를 띄우며 말했다.

"넌 폐하 앞에서 날 악담할 게 아니라 칭찬했어야 마땅해."

남을 비방하면 자기가 그 함정에 먼저 빠진다

184 산토끼와 여우들

독수리 무리와 산토끼 무리 사이에 전쟁이 일어나자, 산토끼는 여우들에게 도움을 요청했다.

그러자 여우들이 대답했다.

"너희가 누군지, 또 너희가 누구와 싸우는지를 우리가 몰랐다면 도와주러 갔을 거야!"

자기보다 힘센 사람과 싸우는 사람은
안전을 위태롭게 할 뿐이다

185 여우와 두루미

어느 날 여우가 두루미를 저녁식사에 초대했다.

두루미를 골려줄 속셈에 여우는 넓고 평평한 접시에 국을 조금만 떠서 내놓았다. 자기는 맛있게 핥아먹었지만, 손님인 두루미는 긴 부리 때문에 국을 전혀 먹을 수가 없어서 화가 잔뜩 났다.

여우는 두루미가 별로 음식에 손을 대지 않아서 섭섭하다는 표정을 일부러 짓고 음식 맛이 시원치 않으냐고 물었다. 두루미는 그렇지는 않다 대답하고, 답례로 조만간 여우를 자기 집에 초대하겠다고 말했다.

며칠 후 여우가 두루미의 집에서 저녁식사를 하게 되었

다. 호리병에 담긴 음식을 본 여우는 실망하고 말했다. 두루
미는 긴 부리로 맛있게 먹었지만, 여우는 병의 주둥이만 핥
아야 했다. 배가 고파 도저히 참을 수 없게 된 여우가 정중하
게 인사를 하고 자리에서 일어났다.

  자기가 한 짓에 대해 똑같은 방식으로 앙갚음을 당했기 때
문에 여우는 두루미를 탓할 수가 없었다.

속임수로 남을 해치는 사람은
자기도 그와 똑같은 피해를 보게 마련이다

186 여우에게 속은 토끼

토끼는 걱정거리를 피하기 위해 여우와 친해지려고 이렇게 말했다.

"여우님께서 영리하다는 말을 들었습니다. 한가로운 시간을 보내는 방법을 그 누구보다도 잘 알고 있다는 소문이 있던데, 사실입니까?"

여우가 이렇게 대꾸했다.

"의심이 된다면 내가 사는 걸 직접 볼 기회를 주겠소. 내가 저녁을 대접하겠소. 내가 밤 시간을 어떻게 보내는지도 보여주겠소."

토끼는 여우를 따라갔다. 여우가 저녁식사를 준비하려 하지 않고 토끼를 노려보자, 그때서야 자기 운명을 알아차린 토끼가 울부짖었다.

"이렇게 비참한 불행을 당하고서야 겨우 깨닫다니!"

호기심도 지나치면 화를 부른다

187 여우에게 속은 곰과 사자

사자와 곰이 어린 사슴의 시체를 발견하고 먼저 차지하려고 서로 싸웠다. 하도 심하게 치고 받은 바람에 둘 다 의식을 잃고 반죽음이 되어 뻗어버렸다.

마침 그곳을 지나가다가 그들이 꼼짝도 못 하고 누워 있는 것을 본 여우는 달려가서 그들 사이에 놓인 죽은 어린 사슴을 채어 달아났다. 상처가 깊어서 일어날 수도 없게 된 사자와 곰은 이렇게 탄식했다.

"우린 정말 둘 다 바보다! 여우를 위해 우리가 이런 고생을 했다니!"

열심히 노력한 것이 한 순간에 날아가 버리는 경우도 있다

188 암사자와 암여우

암여우는 암사자가 새끼를 언제나 한 마리밖에 낳지 못한다고 비난했다. 암사자는 이렇게 대꾸했다.

"물론 난 한 마리밖에 못 낳지만, 너희들을 지배하는 사자를 낳지."

질은 양을 압도한다

189 병든 사자와 여우

 늙은 사자가 혼자 힘으로는 먹이를 구할 수 없게 되자, 속임수를 쓰기로 작정했다. 사자는 동굴 속으로 들어가 병든 척했다. 그리고 자기를 방문하는 짐승이 굴 안으로 들어오면 모조리 잡아먹었다.
 수많은 짐승이 사라지고 나자, 여우는 무슨 일이 벌어지

고 있는지 사태를 알아차렸다. 그는 사자를 방문했지만 굴 입구에 선 채 사자에게 어떻게 지내는지 안부를 물었다.

"별로 잘 지내지는 못하고 있어. 그런데 넌 왜 들어오질 않느냐?"

그러자 여우가 대답했다.

"당신의 굴속으로 들어가는 발자국은 수없이 많은데 나오는 발자국은 하나도 없다는 것을 제가 보았거든요. 그렇지만 않았다면 저도 들어갔을 거예요."

지혜로운 사람은 위험을 미리 알아본다

190 갈매기와 매

갈매기가 생선을 꿀떡 삼키고 목구멍이 터져 바닷가에 쓰러져 죽었다. 그것을 발견한 매가 이렇게 말했다.

"죽어도 싸지. 태어날 때부터 새인 주제에 바다에서 먹을 것을 구했으니까 말야!"

자기 능력에 맞지 않는 일을 하는 사람은
불행을 당해도 할 말이 없다

191 모기와 황소

모기가 황소뿔에 내려앉았다. 모기는 한참 동안 거기서 쉬다가 다른 데로 날아가기 전에 황소에게 물었다.

"넌 내가 다른 데로 날아가기를 원하니?"

"난 네가 온 줄도 몰랐어. 네가 떠난다 해도 난 알아채지 못할 거야."

힘 없는 사람은 남을 해치지도 못한다

192 돌고래와 원숭이

예전엔 사람들이 바다를 여행할 때 지루한 항해 기간을 재미있게 보내기 위해 몰타 섬에서 자라는 애완용 작은 개나 원숭이를 함께 데리고 가는 관습이 있었다.

어떤 사람이 원숭이를 데리고 배를 탔다. 배가 아티카 지방의 아테네에서 가까운 수니온 곳에 이르렀을 때 심한 폭풍우를 만나 배가 좌초하였다. 사람들이 모두 목숨을 구하려고 바다에 뛰어들었고, 원숭이도 마찬가지였다.

돌고래가 원숭이를 보자 사람인 줄 알고 슬쩍 그를 자기 등에 태운 뒤 육지를 향해 헤엄쳐 갔다.

피레우스 항구에 도착하자 돌고래가 원숭이에게 아테네 사람이냐고 물었다. 원숭이는 자기가 아테네 사람일 뿐만 아니라 부모는 대단히 저명한 인사라고 대답했다.

돌고래는 원숭이에게 피레우스도 아느냐고 물었다. 원숭이는 돌고래가 피레우스라는 사람에 대해서 묻는 줄 알고 자기가 그 사람을 잘 알 뿐만 아니라, 그가 자기의 아주 친한 친구라고 대답했다.

어이없는 거짓말에 화가 잔뜩 난 돌고래가 물속으로 깊이 들어갔고, 원숭이는 익사하고 말았다.

진실을 모르는 사람은 자신마저 속이려 한다

193 사자와 개구리

개구리가 개골개골 울어대는 소리를 듣자, 사자는 어떤 큰 짐승이 그런 소리를 낸다고 생각해서 자기도 큰소리로 부르짖었다.

한참 기다리자 이윽고 연못에서 개구리가 기어나오는 것이 보였다. 사자는 다가가서 개구리를 발로 밟아 죽였다. 그리고 이렇게 말했다.

"요렇게 작은 놈이 그렇게 큰 소리를 내다니!"

눈에 보이는 것만으로 판단하면
실수를 범할 수 있다

194 사자와 돌고래

바닷가를 어슬렁거리던 사자가 파도 위로 고개를 내민 돌고래를 보았다. 사자는 돌고래에게 우정을 맺자고 제의했다.

"당신과 나는 친구가 되고 동맹을 맺을 자격이 충분합니다. 왜냐하면 나는 육지에서 모든 짐승의 왕이고, 당신은 바다에 있는 모든 생물을 다스리는 지배자니까."

돌고래가 기꺼이 동의했다. 얼마 후 난폭한 황소와 오랫동안 격투를 벌이던 사자가 돌고래에게 물에서 나와 자기를 도와달라고 요청했다. 돌고래가 바다에서 나가려고 했지만 그럴 수가 없었다. 사자는 돌고래가 배신했다고 비난했다. 그러자 돌고래가 이렇게 대꾸했다.

"나를 비난하지 말고 어머니인 대자연을 원망하시오. 대자연은 나를 물에서 살도록 만들었지, 육지에서 걸어다니는 건 허락하지 않았으니까."

자신과 잘 어울리는 사람을 친구로 만들어라

195 사자와 산토끼

사자가 깊이 잠든 산토끼에게 다가가서 잡아먹으려고 했다. 그 순간 사슴이 사자의 눈에 띄었다. 그래서 산토끼는 내버려두고 사슴의 뒤를 추격하기 시작했다. 소란한 소리에 눈을 뜬 산토끼가 달아났다.

얼마 동안 사슴을 추격했지만 잡을 수가 없게 된 사자가 산토끼를 잡아먹으려고 되돌아갔다. 그러나 산토끼는 이미 달아나고 없었다. 사자가 탄식하며 말했다.

"내가 바보지. 좀 더 큰 것을 먹으려다가 다 잡아 놓았던 먹이마저 놓쳐 버리다니!"

욕심을 부리는 사람은
눈 앞에 있는 이익을 잃어버리는 경우가 종종 있다

196 은혜를 갚은 쥐

어느 날 쥐 한 마리가 잠자고 있는 사자의 등 위를 기어다녔다. 깜짝 놀라 잠을 깬 사자가 쥐를 잡아먹으려고 했다. 그러자 쥐가 목숨만 살려주면 은혜를 반드시 갚겠다고 맹세했다. 그 말이 매우 재미있어서 사자는 쥐를 놓아주었다.

그런 지 얼마 지나지 않아서 쥐가 은혜에 보답할 수 있게 되었다. 왜냐하면 사냥꾼들이 사자를 잡아서 밧줄로 그를 나무에 꽁꽁 묶어두었기 때문이다. 사자의 신음소리를 듣고 쥐가 달려가서 밧줄을 이로 갉아대어 풀어주었다.

쥐가 의기양양하게 말했다.

"자, 어때요? 얼마 전에 제가 은혜에 보답하겠다고 말할 때 당신은 절 조롱했지요. 그러나 이젠 몸집이 작은 쥐도 보답을 한다는 걸 알 수 있을 겁니다."

운명의 바람이 변하면
강한 자도 약한 자에게 의지하게 된다

197 동물의 왕 사자

왕이 된 사자는 화를 내지 않고, 잔인하지도 않으며, 난폭하게 굴지도 않았다. 오히려 훌륭한 사람처럼 온화하고 정의롭게 굴었다.

어느 날, 이 사자 왕은 모든 짐승과 새들을 한데 불러모았다. 늑대와 양, 표범과 영양, 호랑이와 사슴, 개와 산토끼가 평화롭고 사이좋게 살도록 만드는 법을 제정하기 위해서였다. 그 전체회의에서 산토끼가 다른 짐승들에게 말했다.

"이런 날이 오기를 난 얼마나 오래 기다렸던가! 약한 자가 강한 자를 두려워하지 않은 채 그 곁에서 살 수가 있다니!"

정의가 있는 곳에서는 약한 자도 안심하고 살 수 있다

198 늑대와 노파

굶주린 늑대가 먹을 것을 찾아 헤매고 있었다. 한 곳에 이르자 거기서 어린애 우는 소리가 들렸고, 노파가 아이에게 이렇게 말하는 것이었다.

"이제 그만 울어. 안 그러면 널 늑대에게 줘버릴 테야!"

늑대는 노파가 정말 그렇게 할 것이라고 믿고 가던 길을 멈추어 오랫동안 밖에서 기다렸다. 밤이 되자 노파가 어린애를 다시 얼러대면서 이렇게 말하는 소리가 들렸다.

"애야, 늑대가 여기 온다면 우린 그놈을 때려죽일 거야."

그런 말을 들은 늑대는 다른 곳으로 도망가면서 이렇게 말했다.

"사람들은 말과 행동이 전혀 다르군."

말과 행동이 다르면 비난의 대상이 된다

199 늑대와 개의 전쟁

어느 날 늑대들과 개들 사이에 전쟁이 벌어졌다. 개들은 그리스 인을 자기네 장군으로 선출했다. 그러나 늑대들이 무섭게 공격해 오는데도 불구하고 그리스인은 서둘러서 전투에 나가려 하지 않았다. 그리고 개들에게 이렇게 말했다.

"내가 왜 전투를 연기하는지 너희는 잘 알아두어라. 행동하기 전에 항상 심사숙고해야 할 필요가 있기 때문이다. 또한 늑대들은 종류도 한 가지이고 털도 모두 같은 색깔이다. 그러나 우리 군대는 습관이 저마다 다르고 각자 자기 나라에 대해 자부심이 강하다. 심지어 털 색깔마저 달라서, 어떤 것은 검고 어떤 것은 불그스레하며 흰 것도 있고 회색도 있다. 조화를 이루지도 못한 채 서로 다른 이 군대를 내가 어떻게 이끌고 전투에 나갈 수 있단 말인가?"

적과 싸워 승리를 얻는 것은
단결된 의지와 목적의식이 있기 때문이다

200 왕에게 잡아먹힌 개구리들

극심하게 혼란한 상황을 여러 번 겪다 지친 개구리들이 제우스 신에게 대표를 파견하여 자신들에게도 왕을 보내달라고 요청했다.

그들이 하찮은 짐승에 불과하다는 사실을 깨달은 제우스는 그들이 사는 연못에 통나무를 한 개 떨어뜨려 주었다. 통나무가 떨어지면서 내는 어마어마한 물소리에 소스라치게 놀란 개구리들이 모두 연못 밑바닥으로 몸을 숨겼다.

그러나 통나무가 전혀 움직이지 않는 것을 본 그들은 얼마 후 다시 기어나왔다. 그리고 새로 맞이한 그 왕을 아주 우습

게 여긴 뒤로 그 통나무에 뛰어 올라가 앉기도 했다.

개구리들은 그런 왕을 모시는 것이 너무나도 창피해서 제우스에게 두 번째 왕을 보내 달라고 요청했다. 현재 자기들이 모시는 왕은 너무 소극적이고 아무 일도 하지 않기 때문이라는 것이었다.

짜증이 난 제우스는 개구리들에게 히드라*를 왕으로 내려보냈고, 히드라는 개구리들을 모두 잡아먹고 말았다.

유능하고 악한 지도자보다는 무능하지만 선한 지도자가 더 낫다

* 히드라 : 머리가 아홉 개 달린 거대한 괴물 뱀인데, 가운데 머리만 영원히 산다. 머리 하나가 잘리면 거기서 머리 두 개가 돋아난다고 한다.

지혜로운 사람은 미리 생각하고 행동한다

6

201 배부른 늑대와 양

먹이를 실컷 먹고 난 늑대가 땅바닥에 등을 대고 벌렁 누운 채 일어나지 못하고 있는 양을 발견했다. 공포에 질려서 그렇게 양이 자빠졌다고 알아채자 늑대가 다가가서 안심을 시켰다.

세 가지만 바른 대로 대면 해치지 않고 내버려두겠다고 늑대가 약속했다. 그러자 양이 입을 열고 자기 생각을 솔직하게 말하기 시작했다.

"첫째, 난 당신을 두 번 다시 만나고 싶지 않아요. 둘째, 당신의 눈이 멀기를 원해요. 셋째, 사악한 늑대들이 모두 참혹하게 죽어버려서 나같은 양이 다시는 늑대의 피해를 입지 않기를 원하지요."

늑대는 양의 말이 다 맞는 것이라고 인정하고 그대로 내버려두었다.

진실은 적을 감동시킬 정도로 위대한 힘을 발휘하기도 한다

202 사자와 황소

사자가 황소를 잡아먹기 위해 속임수를 쓰기로 결심했다. 사자는 양을 한 마리 제물로 바쳤다면서 황소를 잔치에 초대했다. 사실은 자기 옆에 누워서 황소가 음식을 먹기 시작하

면 잡아먹을 속셈이었다.

황소가 초대를 수락했다. 그러나 거대한 쇠꼬챙이들과 가마솥들은 보이는데 양은 눈에 띄지 않았기 때문에 황소가 아무 말도 없이 떠나버렸다. 사자는 자기가 전혀 해치지 않았는데 황소가 말없이 떠났다고 비난하면서 이유를 물었다. 황소는 이렇게 대답했다.

"이유야 여러 가지 있어. 난 네가 양을 잡은 흔적을 전혀 발견하지 못한데다가 넌 나를 요리할 만반의 준비를 다 갖추어 놓았더군."

남의 달콤한 말이나 약속보다는
자기 자신의 두 눈을 더 신용하라

203 겁쟁이 사자와 겁쟁이 코끼리

사자는 프로메테우스에게 항상 불평만 늘어놓았다. 물론 프로메테우스는 사자의 몸집을 크고 멋지게 만들어 주었고, 입에는 이빨을 가득 채워 주었으며, 발톱으로 무장시켜 다른 모든 짐승들보다 더 큰 힘을 쓸 수 있게 해 주었다. 그런데도 사자는 이렇게 불평했다.

"그렇지만 프로메테우스여, 전 수탉이 무서워서 죽을 지경이에요."

프로메테우스가 대꾸했다.

"네가 어떻게 함부로 나에게 불평할 수가 있단 말이냐? 나는 내가 가진 모든 특징을 네게 주었어. 넌 언제나 용기가 뛰어나지. 다만 이 경우만 제외하고 말야."

사자가 끙끙 신음했다.

"압니다. 잘 알아요. 전 천하에 둘도 없는 바보예요. 게다가 형편없는 겁쟁이에요. 창피해서 죽고만 싶어요!"

그런데 죽고만 싶다던 사자는 근처를 지나가던 코끼리를 보자 그에게 다가가서 이것저것 잡담을 늘어놓았다. 이야기를 나누는 동안, 사자는 코끼리가 자꾸만 귀를 펄렁거리는 것을 보고 코끼리에게 이렇게 물었다.

"무슨 일인가? 잠시라도 네 귀를 가만히 머물러 둘 순 없는가?"

바로 그때 모기가 코끼리 머리 위에 내려앉았다. 코끼리가 소리쳤다.

"맙소사! 너 봤지? 저기 저 앵앵거리는 작은 벌레 말야! 저 놈이 내 귀로 들어가는 날에는 난 끝장이야. 난 틀림없이 죽어버릴 거야!"

그 말에 사자가 속으로 이렇게 생각했다.

"그렇다면 난 이제 더이상 절망할 필요가 없어. 너무나 창피해서 차라리 죽는 게 낫다고 생각했었지! 사실 난 덩치도 크고 힘도 세고 코끼리보다 훨씬 낫지. 왜냐하면 수탉은 모기보다 더 무시무시한 놈이거든!"

아무리 강한 자라도 두려운 대상이 있는 법이다

204 사자의 몫

사자와 당나귀와 여우가 함께 사냥하기로 합의하고 많은 짐승들을 잡았다.

사자가 당나귀에게 죽은 짐승들을 잘 나누어보라고 말했다. 당나귀는 세 몫으로 똑같이 나눈 뒤, 사자를 불러서 자기 몫을 차지하라고 말했다. 화가 난 사자가 당나귀에게 달려들어 잡아먹었다.

그러고 나서 사자는 여우에게 죽은 짐승들을 나누라고 말했다. 여우는 죽은 짐승들을 모두 산더미처럼 한 군데에 쌓아놓고 가장 작은 고깃덩이 하나만 자기 몫으로 남겨두었다. 그리고 사자를 불러서 자기 몫을 차지하라고 말했다. 사자가 이렇게 말했다.

"넌 참 멋진 놈이야. 이렇게 잘 나누는 법을 누가 가르쳐주었지? 정말 넌 잘 나누어 놓았어."

여우가 이렇게 대답했다.

"당나귀의 불행을 보고 배웠지요."

주위의 불행을 통해 우리는 많은 것을 깨우친다

205 어린 돼지와 양떼

어린 돼지와 양떼가 함께 어울려서 풀을 뜯고 있었다. 어느 날 양치기가 돼지를 붙잡자 돼지가 발버둥을 치고 꽥꽥 비명을 내지르기 시작했다. 그러자 양떼는 돼지가 비명을 지른다고 야단치면서 말했다.

"그는 매일 우리를 붙잡지만, 너처럼 소란을 피우지 않아."

돼지가 대꾸했다.

"그렇지만 너희나 나를 붙잡는 그 이유가 서로 다르잖아. 너희를 붙잡을 때는 너희 털과 우유를 원하지만, 나를 붙잡을 때는 내 살을 노리거든."

목숨을 잃게 될 상황이면 누구라도 있는 힘껏 발버둥친다

206 화가 난 사자와 숫사슴

화가 나서 날뛰는 사자를 멀리 숲에서 바라본 숫사슴이 소리쳤다.

"우린 이제 망했구나! 사자란 마음이 편한 상태에서도 우리에게 이미 견딜 수 없는 존재인데, 저렇게 화가 났으니 무슨 짓은 못 하겠는가!"

권력을 얻고 난 후 남을 해치는 사람을 피하라

207 늑대들과 양들

어떤 늑대들이 양떼를 습격하려고 했다. 그러나 개들이 지키고 있어서 자기네 마음대로 공격할 수가 없었다. 그래서 목적을 달성하려고 그들은 속임수를 쓰기로 했다.

이윽고 늑대들이 대표단을 보내서 양떼에게 개들을 넘겨달라고 요구했다. 개들 때문에 늑대와 양 사이에 원한이 생겼다는 것이 그 이유였다. 개들을 넘겨주기만 하면 그들 사이에 평화가 유지된다는 것이었다.

앞으로 어떤 결과가 나올지 알지 못한 양떼는 개들을 넘겨주었다. 이제 뭐든지 마음대로 할 수 있게 된 늑대들은 아무도 지켜주지 않는 양들을 모두 죽여버렸다.

어리석은 지도자는 유능한 사람을 소홀히 여긴다

208 늑대들과 양떼와 수양

늑대들이 양떼에게 대표단을 파견했다. 그리고 그들 사이에 영원한 평화를 유지하려면 개들을 자기들에게 넘겨주어 사형에 처해야 한다고 주장했다. 어리석은 양들은 그 말에 찬성했으나, 늙은 수양이 소리쳤다.

"내가 왜 이 따위 제안을 받아들이고 너희와 함께 살아야 하겠는가? 심지어 개들이 지켜줄 때도 나는 안전하게 풀을 뜯을 수가 없었는데 말이다."

적의 말만 믿고 자신의 안전을
포기하는 것처럼 어리석은 짓은 없다

209 늑대와 신전으로 도피한 어린양

늑대의 추격을 당하던 어린양은 서둘러 신전 안으로 도망쳤다. 늑대는 신전 밖에서 어린양에게 밖으로 나오라고 소리쳤다.

"만약 사제가 발견한다면, 너를 신에게 제물로 바칠 걸?"

그러자 어린양이 이렇게 대꾸했다.

"그래도 좋아! 난 네 손에 잡아먹히느니 차라리 신의 제물이 되겠어."

어차피 죽을 바엔 명예롭게 죽는 것이 낫다

196

210 여우와 염소

우물에 빠진 여우가 빠져나갈 길이 없다는 것을 깨달았다. 때마침 염소가 목이 말라 그 우물에 왔다가 여우를 발견했다. 그래서 여우에게 물맛이 좋은지 물었다. 여우는 태연한 척하며 물이 얼마나 맑고 맛이 좋은지 입에 침이 마르도록 칭찬을 늘어놓았다.

여우의 말을 듣고 염소는 갈증을 해소하려고 우물 아래쪽으로 내려갔다. 실컷 물을 마시고 난 염소가 위로 올라가는 방법에 대해 묻자, 여우가 대답했다.

"내게 좋은 생각이 있어. 우리가 힘을 합치면 돼. 네가 앞발들을 벽에 대고 뿔을 최대한으로 위로 높이 쳐들면, 내가 너를 밟고 올라가서 밖으로 나간 뒤에 너를 끌어올리면 돼."

염소는 기꺼이 여우의 제안에 찬성했다. 여우는 재빨리 염소의 다리와 어깨, 뿔을 타고 위로 올라갔다. 우물 밖으로 나간 여우는 뒤도 돌아보지 않고 잽싸게 도망쳤다.

우물에 혼자 남은 염소는 약속을 지키지 않은 여우에게 욕을 퍼부었다. 우물로 다시 돌아온 여우가 말했다.

"흥! 네 머리가 조금만 더 좋았어도 우물에 안 들어갔을걸?"

지혜로운 사람은 미리 생각하고 행동한다

211 늑대와 염소

가파른 벼랑에 굴이 뚫려 있고, 그 굴 위쪽에서 염소가 풀을 뜯고 있었는데, 늑대가 염소를 노리고 있었다.

하지만 그렇게 높이 올라갈 수 없는 늑대는 염소에게 밑으로 내려오라고 소리쳤다. 거기는 밑으로 추락할 위험도 있으며, 아래쪽의 풀밭에는 맛있는 풀이 벼랑 위보다 더 풍부하다고 말했다. 그러자 염소는 이렇게 대꾸했다.

"그 풀밭으로 나를 부르는 것은 내 이익 때문이 아니라 바로 네가 먹을 게 아무 것도 없기 때문이야."

교활한 자들의 속임수도
지혜롭게 대처하면 화를 면한다

212 위선자인 늑대와 당나귀

두목이 된 늑대가 몇 가지 규율을 만들었다. 규율 중에는 사냥에서 잡은 것은 무엇이든지 다 함께 골고루 나누어 먹는다는 규율도 있었다. 그렇게 한다면 먹이가 모자라는 일이 절대로 없고, 또 서로 잡아먹을 필요도 없다는 것이다.

그 말을 들은 당나귀가 앞으로 나오더니 자기 갈기를 흔들면서 늑대 두목에게 말했다.

"참으로 훌륭한 생각이요. 그런데 왜 당신은 잡은 먹이를 당신 굴에 감춰 두는 거요? 그 먹이도 골고루 나누어 먹읍시다."

체면을 잃고 부끄러워진 늑대는 자기가 만든 규율을 없애 버렸다.

지키지 못할 약속은 하지 말라

213 꿀벌들이 받은 벌

사람들이 꿀을 가져가는 것을 질투한 벌들이 제우스에게 찾아가 벌집에 가까이 오는 자를 모조리 자기들의 침으로 쏘아서 죽일 수 있는 힘을 달라고 요청했다. 제우스는 벌에게 침을 주는 대신, 벌이 침을 쏘면 죽는 벌을 내렸다.

남을 시기하는 자는 천벌을 받는다

214 당나귀들이 오줌 싸는 이유

무거운 짐을 지고 가는 데 진력이 난 당나귀들이 하루는 제우스에게 대표단을 파견했다. 그들의 짐의 한도를 정해달라고 요청했다. 제우스는 그것이 불가능한 일이라는 것을 알려줄 생각으로 그들에게 오줌을 싸서 강물을 이룰 수 있다면 고통스러운 중노동에서 구해주겠다고 말했다.

당나귀들은 제우스의 말을 진지하게 받아들였다. 그후부터 당나귀들은 다른 당나귀가 오줌을 싸는 것을 보기만 하면, 자기들도 가던 길을 멈추고 오줌을 싸는 것이다.

운명을 바꿀 수 있는 것은 아무 것도 없다

215 애꾸눈 사슴

태어날 때부터 눈이 하나뿐인 사슴이 풀을 뜯기 위해서 바닷가로 갔다. 성한 눈은 사냥꾼들을 피하려고 육지 쪽으로 돌리고, 먼 눈은 바다 쪽을 향했다. 바다로부터는 위험이 닥치지 않을 것이라고 생각했던 것이다. 그러나 밀렵꾼들이 배를 타고 그곳을 지나가다가 사슴을 발견하자 길을 바꾸어 사슴에게 치명상을 입혔다. 죽기 직전에 사슴이 이렇게 말했다.

"이렇게 비참할 수가! 땅보다 바다가 더 위험할 줄이야."

예측이 빗나가는 경우는 얼마든지 있다

216 부상당한 늑대와 양

늑대가 개한테 물려 상처를 입고 땅바닥에 쓰러졌다. 먹이를 사냥할 수 없게 되자, 늑대는 양에게 근처 시냇가에 가서 마실 물을 좀 가져다 달라고 애걸했다.

"내게 마실 물을 좀 가져다 준다면, 내가 먹을 것을 마련해 줄게."

양은 이렇게 대꾸했다.

"내가 물을 가져다 준다면, 난 네게 먹히고 말 걸!"

뛰는 놈 위에 나는 놈 있다

217 국물에 빠져 익사한 파리

파리 한 마리가 고기가 가득 담긴 항아리에 빠졌다. 국물에 빠져서 죽게 된 파리가 이렇게 중얼거렸다.

"나는 먹고 마셨다. 목욕도 했으니 이젠 죽어도 좋다. 죽음 따위를 걱정할 게 뭐냐!"

어차피 죽을 바에는 당당하게 맞이하라

218 꿀을 먹다 죽은 파리들

파리 몇 마리가 창고 바닥에 흘려진 꿀을 발견하고 핥아먹기 시작했다. 한참 동안 정신없이 꿀을 먹다가 그만 발이 꿀단지에 붙어서 다시 날아올라갈 수 없게 되었다. 숨이 막혀 죽기 직전에 그들은 이렇게 말했다.

"우린 얼마나 비참한가! 한 순간의 쾌락 때문에 죽게 되다니!"

아무리 좋은 것도 지나치면 해롭다

219 어린 사슴과 아빠 사슴

어느 날 어린 사슴이 아빠 사슴에게 말했다.

"아빠는 개보다 더 몸집도 크고 더 빨리 달리며 자신을 방어할 수 있는 멋진 뿔도 있어요. 그런데 왜 매번 도망치죠?"

아빠 사슴이 크게 웃으면서 대답했다.

"애야, 네 말이 다 맞아. 그렇지만 한 가지만은 확실해.

사냥개들이 짖는 소리를 듣기만 해도 난 어디로 가는지도 모른 채 무작정 내달리지. '걸음아 날 살려라' 하고 말이야."

아무리 좋은 충고도
겁쟁이를 안심시킬 수는 없다

 개미와 베짱이

겨울이 되자 개미들은 축축해진 곡식 낟알들을 말리고 있었다. 배가 고픈 베짱이는 개미집에 찾아가 먹을 것을 구걸했다.

"먹을 게 없다고? 여름에 뭘 했는데?"

"그건 말야, 난 여름 내내 아름다운 노래를 불렀거든."

"그래? 그럼 여름엔 노래를 불렀으니 겨울에는 즐겁게 춤추면 되겠네."

미래를 위해 저축하는 습관을 길러라

221 개미와 게으른 풍뎅이

여름 내내 개미가 들판을 싸돌아다니면서 밀과 보리알을 거두어다가 겨울을 대비해 쌓아두었다. 그를 본 투구풍뎅이가 크게 놀라는 표정을 지었다. 다른 짐승들이 모두 한가롭게 놀고 있는데, 개미만 열심히 일을 하고 있었기 때문이었다.

겨울이 되고 비가 내려서 똥이 물에 젖어버리자, 투구풍뎅이는 굶주림에 시달렸다. 그래서 개미에게 먹을 것을 좀 빌려달라고 빌었다. 그러자 개미가 이렇게 대꾸했다.

"이 바보 같은 풍뎅이야! 내가 열심히 일할 때 나를 조롱하지 말고 너도 열심히 일을 했더라면 지금 넌 구걸하지 않아도 되잖아?"

살림이 넉넉할 때 앞날을 설계해야 한다

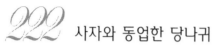 사자와 동업한 당나귀

사자와 야생 당나귀가 야생 수퇘지를 함께 사냥하기로 합
의했다. 사자는 엄청난 힘을 이용하고, 당나귀는 빠른 다리
를 이용해서 서로 돕기로 했다.

사자는 사냥감을 세 몫으로 나누며 말했다.

"나는 왕이니까 첫 번째 몫을 차지하겠다. 그리고 두 번
째 몫은 네 동업자로서 내가 추격에 가담했으니까 내 몫이
다."

그런 뒤 야생 당나귀에게 이어서 말했다.

"세 번째 몫을 네가 양보하지 않는다면 네게 어마어마한
재앙이 내릴 거야. 틀림없어. 그러니까 여기서 썩 꺼져!"

자기보다 강한 자와 동업하기보다는
혼자서 일하는 것이 더 낫다

223 사자와 여우와 숫사슴

사자가 병이 들어서 굴 속에서 쉬고 있었다. 그는 가끔 일을 같이 하며 친하게 지내던 여우에게 이렇게 말했다.

"내가 살아나서 기운을 다시 차리기를 원한다면 커다란 숫사슴을 교묘한 말로 꼬드겨서 내 앞으로 유인해 와라. 그러면 내가 그를 앞발로 잡을 수 있을 거야. 사슴 고기와 심장을 이빨로 씹어먹고 싶어 죽겠어."

여우가 길을 떠난 뒤 얼마 지나지 않아 숲속에서 뛰어 다니는 숫사슴을 만났다. 여우는 웃는 얼굴로 다가가서 정중하게 인사했다.

"기쁜 소식을 전해주려고 왔어요. 당신도 아시다시피 우리들의 왕인 사자가 제 옆집에 살지요. 그는 지금 심한 병에 걸려 죽어가고 있어요. 그는 어느 짐승이 자기 뒤를 이어 왕이 될 것인지 알고 싶어합니다.

야생 수퇘지는 지능이 모자라고 곰은 둔하며, 표범은 너무 화를 잘 내고, 호랑이는 자만심이 강하지요. 오로지 숫사슴만이 짐승들을 다스릴 자격이 있어요. 왜냐하면 숫사슴은 키가 가장 크고 또 가장 오래 살며, 무엇보다도 뿔로 뱀을 받아서 죽일 수 있으니까요. 아니, 이런 얘길 더 늘어놓을 필요가 어디 있겠어요? 사자는 당신을 다음 왕으로 삼기로 이미 결정했어요. 제가 이런 기쁜 소식을 전해주었으니 당신은 제게 무엇으로 보답하겠어요? 사자 왕이 저를 찾을 것 같아요. 저는 서둘러 떠나야 하니까 제게 무엇을 주겠는지 말해 보세요. 사자 왕은 제 의견을 들어야만 일을 처리할 수 있거든요. 이 늙은 여우가 당신에게 한 마디 권고를 한다면 당신은 나를 따라 왕이 누워있는 곳으로 가서 그를 지켜보는 게 좋을 거예요."

여우의 말에 가슴이 터질 정도로 흥분한 숫사슴은 무슨 일이 벌어질지 조금도 의심하지 않은 채 여우를 따라 굴 속으로 들어갔다. 사자가 그의 머리 쪽으로 달려들었다. 사자는 발톱으로 숫사슴의 귀를 찢었을 뿐 사냥하지 못했다. 목숨을 간신히 구한 숫사슴은 전속력을 내어 숲 속으로 달아났다.

여우는 자기가 그렇게 애를 썼는데도 헛수고로 그치자 발을 동동 구르며 실망에 빠졌다. 사자는 굶주림과 슬픔에 견디지 못해 신음하면서 산이 울리도록 큰소리로 울부짖었다. 사자는 숫사슴을 한번 더 속여서 데리고 오라고 여우에게 명령했다. 여우가 대답했다.

"그건 정말 어려운 부탁이긴 하지만 한 번 더 시도해 보겠습니다."

이윽고 사냥개처럼 숫사슴의 냄새를 따라서 숲을 향해 달리면서 여우는 다른 꾀를 생각해 냈다. 그는 걸음을 멈춘 뒤 목자들에게 피 흘리는 숫사슴을 못 보았느냐고 물었다. 그들은 숲속에서 숫사슴이 쉬고 있는 곳을 가르쳐주었다.

여우가 한숨을 돌린 채 쉬고 있는 숫사슴에게 가서 뻔뻔스럽게 인사를 올렸다. 온몸이 피투성이가 된 채 분노에 치를 떨던 숫사슴이 욕을 퍼부었다.

"이 악당아! 넌 사자 굴로 두 번 다시 나를 데리고 갈 수 없어. 가까이 오기만 하면 넌 죽을 줄 알아. 다른 놈이나 속여 먹어라. 다른 놈들한테 가서 왕자리를 주며 흥분시켜 보란 말이다!"

여우가 이렇게 대꾸했다.

"당신은 그렇게도 마음이 약한 겁쟁이란 말이오? 당신은 이런 불신으로 갚는단 말이오? 사자가 당신 귀를 잡았을 때는 죽어가는 사람이 유언을 남기듯이 당신에게 왕의 임무에

관해서 충고하고 유언을 말해주려고 했던 거요. 그런데 당신은 병든 사자의 발톱에 약간 할퀴는 것도 못 참다니! 지금 사자는 당신보다 더 화가 뻗쳐서 늑대를 왕으로 삼겠다고 할 지경이오."

그러고 나서 여우가 다시 말을 이었다.

"맙소사! 가련한 나의 주인님! 자, 이젠 두려워하지 말아요. 어린 양처럼 고분고분하면 되어요. 숲속의 모든 나뭇잎과 샘물에 걸고 맹세하지만, 당신은 사자를 무서워할 필요가 눈곱만큼도 없어요. 내 소원은 오로지 당신을 섬기는 것뿐이니까요."

여우는 숫사슴을 꼬드겨 다시 사자 굴로 데리고 들어갔다.

숫사슴이 들어오자 사자는 그를 잡아서 저녁식사를 즐겼다. 숫사슴의 모든 뼈, 골수, 내장까지 다 먹어치웠다. 여우는 곁에서 사자를 지켜보기만 했다. 숫사슴의 심장이 땅에 떨어지자 여우는 심장을 냉큼 집어서 먹었다. 자기 수고에 대한 보답으로 먹은 것이다. 잠시 후 사자는 아무리 뒤져도 심장이 안 보이자 여우에게 사슴의 심장이 어디 있는지 물었다.

여우는 사자에게서 멀리 떨어져 가 앉은 후 대꾸했다.

"사실대로 말하자면 숫사슴은 원래 심장이 없습니다. 찾으려고 애쓸 필요도 없어요. 사자 굴에 두 번이나 들어가서 그의 밥이 된 짐승에게 어떻게 심장이 있겠어요?"

지나친 명예욕 때문에 눈 앞의 위험을 보지 못한다

224 야생 당나귀와 길들여진 당나귀

야생 당나귀가 목장에서 햇빛을 마음껏 받으며 풀을 뜯고 있는 당나귀에게 가까이 다가가서 그의 살찐 몸집과 그가 즐기는 목장에 대해 칭찬했다.

그러나 얼마 후 등에 잔뜩 짐을 싣고 주인의 채찍을 맞으며 걷고 있는 목장의 당나귀를 보며 야생 당나귀가 멀리서 소리쳤다.

"난 더 이상 널 부러워하지 않아. 너는 풍족하게 먹는 대신 아주 비싼 대가를 치르고 있으니까."

고통과 위험이 따르는 안락한 생활을 부러워할 이유는 없다

225 애꾸눈 까마귀

어떤 장사꾼들이 여행 도중에 애꾸눈 까마귀를 보게 되었다. 그들은 몸을 돌려서 그 까마귀를 쳐다보았는데, 한 사람이 오던 길을 되돌아 가자고 말했다. 외눈 까마귀가 아무래도 불길한 징조로 보이기 때문이라는 것이었다. 그러나 나머지 사람들은 이렇게 대꾸했다.

"자기 앞날도 모르고 한쪽 눈을 잃어버린 저 새가 어떻게 우리 앞날을 예언해 줄 수 있단 말이오?"

자기 이익을 차리기에만 급급한 사람은
이웃사람을 위해 충고해줄 자격이 없다

226 게으른 당나귀

당나귀를 사기 위해 시장을 둘러보던 한 남자가 시험삼아 당나귀 한 마리를 자기 당나귀 우리에 넣었다. 그 당나귀는 다른 당나귀들을 모두 외면한 채 가장 게으르고 가장 뚱뚱한 당나귀 옆으로 가서 앉았다.

가만히 앉은 채 아무 일도 하지 않는 모습을 본 남자는 당나귀를 주인에게 다시 끌고 갔다. 주인이 공정하게 시험해 보았는지 묻자, 그 사람은 이렇게 대답했다.

"더 이상 시험해 볼 것도 없소. 많은 당나귀 중에서 이놈이 선택한 친구를 보면 난 이놈이 어떤 당나귀인지 확실히 알 수가 있으니까."

사귀는 친구들을 보면 그 사람의 됨됨이를 알 수 있다

227 팔자 사나운 당나귀

당나귀가 정원사를 위해 열심히 일했는데도 먹을 것이 넉넉하지 않자, 당나귀는 제우스 신이 정원사의 손에서 자기를 구해 다른 사람에게 넘겨달라고 애걸했다.

제우스가 그의 기도를 들어주어 당나귀는 옹기장수에게 팔려갔다. 당나귀는 진흙과 옹기 등 예전보다 더 무거운 짐을 운반해야 했기 때문에 다시금 불만이 커졌다. 그래서 주인을 바꾸어달라고 또 기도해서 이번에는 가죽을 무두질하는 사람에게 팔려갔다.

이렇게 해서 당나귀는 자기를 한층 더 고생시키는 주인을 만나게 되었다. 새 주인이 하는 일을 바라보고 당나귀는 한숨을 내쉬면서 이렇게 중얼거렸다.

"맙소사! 나는 얼마나 운이 없는 놈인가! 예전의 주인들과 같이 지냈더라면 난 훨씬 편했을 텐데. 이번 주인님은 내 가죽마저 벗겨 무두질할지도 몰라."

행복은 멀리 있는 것이 아니라 가까이 있다

228 사자 가죽을 쓴 당나귀와 여우

사자 가죽을 뒤집어 쓴 당나귀가 들판을 이리저리 돌아다니면서 다른 모든 짐승들에게 겁을 주고 있었다. 여우를 만나자 당나귀는 여우도 겁에 질리게 만들려고 했다. 그러나 당나귀의 목소리를 알고 있던 여우는 이렇게 말했다.

"네가 우는 소리를 듣지 않았더라면 나도 틀림없이 겁을 집어먹었을 거야."

본색은 언젠가 드러나게 마련이다

말을 부러워하는 당나귀

당나귀는 자기가 아무리 열심히 일해도 여물을 조금밖에 얻어먹지 못하는데, 말은 먹을 것이 항상 풍족하고 털도 빗질이 잘 되어 있는 것을 보았다.

그러나 전쟁이 시작되자 말은 머리부터 발끝까지 무장한 기병을 태워야만 했고, 기수는 그 말을 사방으로 달리라고 재촉하는가 하면, 적진 한가운데마저도 돌진하라고 강요했다.

결국 말은 전장에서 적의 창에 찔려 죽었다. 그 사실을 알게 된 당나귀는 생각이 달라졌고, 말의 신세를 가련하게 여겼다.

무작정 남을 부러워하지 마라

230 당나귀와 여우와 사자

당나귀와 여우가 사냥을 같이 하기로 약속하고 숲으로 달려갔다. 그런데 그들 앞에 사자가 나타났다. 자기 목숨을 구하려고 여우는 사자에게 다가가서 사자를 위해 당나귀를 함정에 빠뜨리겠다고 제의했다.

사자는 여우가 그렇게 해준다면 여우의 목숨을 살려주겠다고 약속했다.

　여우는 당나귀를 이끌고 사냥꾼들이 파놓은 함정으로 갔
다. 그런데 여우가 먼저 함정에 빠지고 말았다. 당나귀가 달
아난 것을 본 사자는, 당나귀는 나중에 잡아먹기로 하고 우
선 여우부터 잡아먹었다.

　　　　　　　다른 사람을 배신하면 자신도 배신 당하게 되어 있다

231 당나귀와 개구리들

어느 날 당나귀가 장작더미를 등에 지고 연못을 건너가다가 미끄러져서 넘어졌다. 다시 일어날 수가 없게 된 당나귀는 신음하며 울부짖기 시작했다. 연못 속에서 그 소리를 들은 개구리들이 당나귀에게 이렇게 말했다.

"우리처럼 네가 여기서 오래 살았더라면 넌 도대체 얼마나 크게 소리쳤겠는가? 넌 겨우 잠깐 동안 넘어져 있었을 뿐이야!"

평생 동안 고생을 잘 견디는 사람이 있는가 하면,
잠시도 못 참고 불평하는 사람도 있다

232 뱀의 알을 품은 암탉

암탉이 뱀의 알을 발견하고 그 알을 오랫동안 정성을 다해 품어 부화시켰다.

그것을 본 제비가 암탉에게 말했다.

"이 바보야! 넌 어쩌자고 뱀 새끼들을 부화시킨단 말이냐? 알에서 나오자마자 널 잡아먹을거야!"

적에게 베푼 친절은 인정 받을 수 없다

233 자기 꾀에 넘어간 당나귀

당나귀가 소금 자루를 등에 지고 시냇물을 건너다가 발을 헛디뎌 미끄러져서 물에 빠지고 말았다.

소금에 물이 닿자 소금이 다 녹아버려서 당나귀가 다시 일어섰을 때는 짐이 가벼워졌다. 그러자 당나귀는 기뻐했다.

며칠 후 당나귀가 이번에는 솜 자루를 잔뜩 지고 그 시냇가에 이르렀다.

당나귀는 이번에도 물에 빠졌다가 다시 일어나면 짐이 가벼워질 것이라고 생각하고는 일부러 넘어졌다.

솜이 물에 젖어서 아주 무거워졌기 때문에 당나귀는 물 속에서 몸을 가누지 못하고 그만 익사하고 말았다.

자기 꾀에 자기가 넘어간다

234 무거운 짐을 지고 가는 당나귀와 나귀

당나귀와 나귀가 함께 길을 가고 있었다. 당나귀는 나귀도 자기와 똑같은 크기의 짐을 지고 가는 것을 보고 화가 났다. 당나귀는 나귀가 자기보다 더 많은 짐을 지고 가야 마땅하다고 불평했다. 나귀는 자기보다 두 배나 되는 힘이 있다고 믿었기 때문이다.

그런데 한참 길을 더 갔을 때, 당나귀 몰이꾼이 당나귀가 더 이상 걸어갈 수 없는 지경에 이르렀다는 것을 깨닫고 그의 짐을 덜어서 나귀 등에 옮겨 실었다.

그런데도 당나귀가 여전히 기운이 다 빠져 있는 것을 보고는 또 짐을 덜어 나귀 등에 옮겨 실었다. 드디어 남은 짐마저도 모두 나귀 등에 옮겨실었다. 그러자 나귀가 당나귀를 돌아보며 말했다.

"이거 봐! 이젠 내가 너보다 두 배를 먹어야 공평하지 않겠어?"

자기 처지를 남과 비교하는 것은 어리석은 짓이다

235 당나귀와 까마귀와 늑대

등가죽이 벗겨진 당나귀가 풀밭에서 풀을 뜯고 있었다. 까마귀가 그의 등에 내려앉아 상처난 곳을 쪼아댔다. 그러자 당나귀는 미친 듯이 날뛰면서 울부짖었다.

멀리서 그 광경을 바라본 당나귀 사육사가 배를 잡고 웃었다. 근처를 지나가던 늑대가 당나귀 사육사를 보고 혼자 중얼거렸다.

"우리는 얼마나 불행한가! 우리는 사람들 눈에 띄기만 해도 내몰리는데, 까마귀가 다가오면 사람들은 그저 웃어버리기만 하다니!"

악한 마음을 품고 있으면
금세 들통이 나는 경우가 있다

선행은 다른 선행을 낳는다

7

236 당나귀와 주인

"당나귀야, 제발 꾀를 부리지 마라. 너 때문에 내가 얼마나 조마조마한지 아니?"

그러나 당나귀는 여전히 비틀거리며 이번에는 낭떠러지 아래로 떨어질 것처럼 걸었다. 깜짝 놀란 주인은 얼른 당나귀의 꼬리를 잡아당기며 끌어올리려 했다.

그런데도 당나귀는 더욱 심술을 부려 오히려 주인을 절벽 쪽으로 끌어당겼다. 화가 난 주인이 미친듯이 몸부림쳐대는 당나귀 꼬리를 놓으며 말했다.

"이 어리석은 놈아, 좋다! 네가 이기게 해 주지. 네가 이긴다고 무슨 좋은 일이 있을 줄 아냐? 결국 낭떠러지에 떨어져 죽는 길밖에 없을 거야."

무슨 일이든 서로 도울 때 순조롭게 해낼 수 있다

237 어금니를 가는 돼지

어느 날 산돼지가 나무 기둥에 대고 어금니를 날카롭게 갈고 있었다. 사냥꾼도 보이지 않고 그를 위협하는 위험도 없는 시각에 왜 그런 일을 하느냐고 여우가 물었다.

산돼지가 이렇게 대답했다.

"다 이유가 있지. 갑자기 위험이 닥치는 경우에는 내가 어금니를 갈 시간적 여유가 없기 때문이야. 그래서 지금 위험에 대비해서 미리 준비해 두는 거야."

위험이 닥칠 때까지 준비를 미루는 것은 어리석다

238 애교를 부리다 혼이 난 당나귀

어떤 사람이 몰타 섬에서 온 애완용 개와 당나귀를 거느리고 있었다. 그는 항상 개를 데리고 다녔다. 밖에서 저녁식사를 하고 올 때면, 그는 남은 음식을 가지고 와서 개에게 던져주었다. 그러면 개는 꼬리를 치면서 그에게 달려갔다.

당나귀는 개를 시기했다. 그래서 어느 날 당나귀는 주인에게 달려가서 그 주위를 돌면서 껑충껑충 뛰기 시작했다. 그러다가 주인의 발이 그의 발굽에 채이고 말았다. 화가 잔뜩 난 주인은 몽둥이를 휘둘러 당나귀를 다시 우리로 몰아넣은 뒤 줄로 매어 놓았다.

어설픈 흉내는 화를 부른다

239 늑대와 화해한 개

늑대가 개에게 이렇게 말했다.

"자, 어느 모로 보나 너희는 우리와 똑같으니까 우린 모두 형제처럼 이해하면서 지내는 게 어때? 우린 사고방식 하나를 제외하면 차이가 전혀 없거든. 우리는 자유롭게 살지만 너희는 사람들에게 복종하고 노예처럼 얻어맞아도 참고 지내지. 너희는 개 목걸이를 매고 사람들의 가축 떼를 지키지만, 주인이 식사할 때 고작해야 너희에게 뼈다귀나 던져주지. 그렇지만 내 말을 잘 들어 봐. 너희가 가축 떼를 우리에게 넘겨준다면, 우리와 너희가 한 자리에 모여서 모두 함께 맘껏 고기를 즐길 수가 있어."

개들이 그 제의에 찬성했다. 그러나 늑대들이 양 떼가 사는 우리 속으로 들어가자, 개들을 모두 찢어 죽이고 말았다.

친구를 배반하는 자는 적의 손에 죽는 것이 그 운명이다

240 쓸모없는 종이

당나귀와 개가 여행을 같이 하다가 땅바닥에 떨어진 서류를 발견했다. 당나귀가 그것을 집어들고 봉인을 뜯은 뒤 큰 소리로 읽고, 개는 듣기만 했다. 내용은 모두 건초, 보리, 밀짚 등 여물에 관한 것뿐이었다. 당나귀가 읽어대는 내용에 지루해진 개가 이렇게 말했다.

"이봐. 몇 줄을 빼고 읽어 봐. 그러면 고기와 뼈에 관한 글이 나올지도 몰라."

당나귀가 그 서류를 샅샅이 훑어보았지만, 개의 흥미를 끌 대목은 하나도 없었다. 그러자 개가 말했다.

"그런 종이는 내버려. 아무 짝에도 쓸모가 없거든."

모든 것이 자신의 흥미를 충족시켜 주는 것은 아니다

241 가시나무 싹을 먹는 당나귀와 여우

당나귀가 예루살렘 가시나무의 싹을 먹고 있었다. 그것을 본 여우가 다가가서 조롱하는 어조로 말했다.

"이거 정말 놀라운 일인데! 느슨하고 부드러운 혀로 네가 그렇게 단단한 것을 마음대로 씹을 수가 있다니!"

부드러운 말은 까다로운 상대도 유순하게 만들 수 있다

242 당나귀에게 속은 늑대

작은 풀밭에서 풀을 뜯던 당나귀가 살금살금 다가오는 늑대를 보고 일부러 다리를 저는 시늉을 했다.

한층 가까이 접근한 뒤에 늑대가 당나귀에게 왜 다리를 저는지 이유를 묻자, 당나귀는 울타리를 뛰어넘다가 가시를 밟았다고 대답했다. 그리고 자기를 잡아먹으면 그 가시가 목구멍에 걸릴 테니, 먼저 가시를 뽑으라고 충고했다.

늑대가 그 말에 설득되어 당나귀의 다리를 올리고 발굽을 열심히 들여다보고 있을 때, 당나귀가 세차게 늑대의 턱을 걸어차서 이빨을 모조리 부러뜨렸다. 크게 상처를 입은 늑대가 소리쳤다.

"이런 꼴은 당해도 싸지. 아버지에게서 백정 기술을 배운 내가 의사 노릇을 하려고 주접을 떨었다니!"

자기 능력에 미치지 않는 일에 손을 대면 큰코 다친다

243 배고픈 독사

대장간으로 기어들어간 독사가 연장들에게 적선을 해달라고 구걸했다. 몇몇 연장들이 그를 도와주자, 뱀은 줄에게도 작은 거라도 좋으니 하나만 달라고 애걸했다. 그러자 줄이 말했다.

"나한테서 무엇을 얻을 것이라고 믿다니, 너는 참 별난 놈이구나. 난 지금까지 누구에게 뭘 줘본 적이 없거든. 받는 건 자신있는데 말야."

구두쇠에게 적선을 기대하는 것처럼 어리석은 짓은 없다

244 뱀과 흰 담비와 쥐들

뱀과 흰 담비가 같은 집에서 살다가 싸우기 시작했다. 그 집에 사는 쥐들은 언제나 그 어느 한쪽에게 지기만 했기 때문에 그들이 싸우는 소리를 듣자 소리 없이 구멍에서 기어 나왔다. 쥐들을 보자, 그들은 싸움을 멈추고 쥐들에게 달려들었다.

정치 선동가들의 싸움에 끼어드는 사람들은
자기도 모르는 사이에 그들의 밥이 되고 만다

245 사냥꾼과 황새

사냥꾼이 두루미를 잡는 그물을 쳐놓고는 멀리서 미끼를 바라보고 있었다. 얼마 후 황새가 두루미들과 함께 땅에 내려앉았고, 사냥꾼은 달려가서 두루미는 물론 황새도 잡았다. 황새는 자기를 놓아달라고 애걸했다. 자기는 사람을 절대로 해치지 않고 오히려 뱀이나 다른 파충류들을 잡아먹기 때문에 매우 유익한 새라는 것이었다. 사냥꾼이 이렇게 대꾸했다.

"네가 정말 그렇게 아무런 해를 끼치지 않는 새라고 해도 역시 벌을 받아 마땅해. 나쁜 무리와 함께 있었으니까."

나쁜 무리와 공범으로 몰리지 않으려면 그들을 피하라

246 동족을 배신한 메추라기

사냥꾼의 집에 매우 늦은 시각에 손님이 찾아왔다. 그를 접대할 음식이 아무 것도 없어서 주인은 야생 새들을 유인하는 산 미끼로 이용하던 자신의 메추라기를 잡아서 요리를 마련하려고 했다. 자기를 잡아죽이려고 하자, 메추라기는 은혜도 모르는 사람이라고 주인을 비난했다.

"나는 내 동족인 다른 새들을 유인해서 당신에게 넘겨주었는데 이제 날 죽이겠다는 거예요?"

사냥꾼이 대꾸했다.

"그러니까 너를 잡아죽일 이유가 더 충분한 거야. 넌 자기 동족마저도 배신했으니까."

배신자의 말로는 파멸뿐이다

247 구두에 짓밟힌 뱀

여러 사람의 발에 심하게 짓밟힌 뱀이 제우스 신에게 가서 불평했다. 그러자 제우스 신이 이렇게 말했다.

"네가 처음 짓밟는 사람의 발을 물었더라면, 두 번째 사람이 감히 너를 짓밟으려고 하지 못했을 거야."

무슨 일이든 첫 번째가 중요하다

248 나이팅게일과 제비

제비가 나이팅게일에게 자기처럼 사람들이 사는 집 처마 밑에 둥지를 틀고 사는 것이 좋다고 권했다. 그러자 나이팅 게일은 이렇게 대꾸했다.

"미안하지만 난 그럴 순 없어. 난 과거에 겪은 불행을 다시 회상하기 싫거든."

사람이란 자신이 불행한 일을 당했던
그 장소를 피하게 마련이다

249 뱀과 게

　뱀과 게가 한 곳을 자주 찾아가곤 했다. 게는 언제나 진심으로 친절하게 뱀을 대해 주었다. 그러나 뱀은 언제나 교활하고 사악했다.

　게는 뱀이 자기에게 정직한 태도를 취하고 자기 행동을 본받으라고 끊임없이 충고했다. 뱀은 그 말을 듣지 않았다. 그래서 화가 난 게는 뱀이 잠들기를 기다렸다가 붙잡아서 죽여버렸다. 뱀이 쭉 뻗어 죽은 것을 보고 게가 소리쳤다.

　"이거 봐! 죽은 다음에 온 몸을 똑바로 뻗어봤자 이젠 아무 소용이 없어. 그렇게 하라고 내가 충고할 때 진작 그렇게 했어야지. 그렇게 했더라면 넌 죽지도 않았을 거야!"

죽은 다음에 후회해도 소용이 없다

250 목이 마른 비둘기

　목이 몹시 마른 비둘기가 그림 속의 물그릇을 진짜 물그릇이라고 착각해 힘차게 날개를 움직여 무모하게 달려들다가 몸이 화폭에 부딪쳐 날개가 부러졌다. 땅바닥에 떨어진 비둘기는 마침 그곳을 지나가던 사람에게 붙잡히고 말았다.

욕심에 눈이 어두워 무모하게 덤벼 들다가는 파멸하고 만다

251 쥐와 담비의 전쟁

쥐들이 흰 담비들과 전쟁을 했다. 언제나 패배하던 쥐들이
회의를 열었다. 왜냐하면 그들은 지도자가 없어서 항상 진다
고 생각했기 때문이다. 그래서 손을 들어 투표로 장군들을
선출했다. 새로 장군이 된 쥐들은 졸병 쥐들보다 더 멋지게
보이려고 뿔을 만들어서 자기 머리에 붙였다.

전투가 다시 시작되었지만 쥐들이 흰 담비들에게 또 지고
말았다. 졸병 쥐들이 각각 자기 쥐구멍으로 달아나 쉽게 안
으로 들어가 숨었다. 그러나 장군 쥐들은 머리에 달린 뿔 때
문에 걸려 구멍으로 들어갈 수가 없어서 흰 담비들에게 잡아
먹히고 말았다.

모든 불행은 허영심에서 비롯된다

252 개와 늑대

갓 태어난 늑대새끼를 발견한 양치기는 집으로 데려다가 자기 개들과 함께 길렀다. 성장한 늑대는 양을 물어가는 다른 늑대를 보면 개들과 함께 추격했다.

때로는 개들이 늑대를 더이상 추격할 수 없게 되어 돌아섰지만, 늑대는 끝까지 뒤쫓아가서 늑대의 본성을 드러내어 잡아먹고 나서야 돌아왔다.

다른 늑대가 양우리 밖에서 양을 죽이지 않는 경우에는 늑대가 직접 나서서 개들과 함께 그 양을 잡아먹었다. 어느 날 양치기는 무슨 일이 벌어지고 있는지 다 알게 되자, 늑대를 죽여서 나무에 매달고 말았다.

제버릇 개 못 준다

253 늑대와 왜가리

늑대가 뼈를 삼키고는 목에 걸린 뼈를 빼내 줄 구원자를 찾느라고 사방을 둘러보았다. 그러다가 왜가리를 발견했는데, 왜가리는 일정한 대가를 받고 뼈를 빼주기로 했다. 왜가리가 머리를 늑대의 입 속으로 집어넣어 뼈를 빼내 주고는 약속한 대가를 요구했다. 그러자 늑대가 쏘아 부쳤다.

"이거 봐! 내 목구멍에서 네 머리를 안전하게 다시 빼낸 것만으로는 부족하냐? 넌 도대체 뭘 더 원하는 거야?"

사악한 사람에게 사례를 기대하는 것은 어리석은 짓이다

254 아첨하는 개

어떤 양치기가 아주 큰 개를 거느리고 있었다. 그는 죽어서 태어난 새끼 양과 죽어가는 어미 양을 개에게 먹이로 던져주곤 했다.

어느 날 양떼가 모두 우리 안에서 쉬고 있을 때 양치기가 보니, 개가 양들에게 다가가서 알랑거리고 있었다. 그래서 양치기는 개에게 소리쳤다.

"야, 이놈아! 넌 양들이 죽기를 바랄 테지만, 너나 죽어라!"

아첨꾼들은 자기가 먼저 파멸한다

255 쌍둥이 원숭이

원숭이가 쌍둥이 새끼를 낳았다. 그런데 어미 원숭이가 하나는 몹시 사랑하고 정성을 다해서 보살핀 반면, 다른 하나는 미워해서 돌보지도 않았다.

그런데 운명의 장난은 참으로 묘한 것이었다. 어미가 그렇게 사랑하고 품에 꼭 껴안고 있었던 새끼 원숭이는 질식해서 죽었고, 버림받았던 원숭이 새끼는 잘 자라서 어른 원숭이가 되었다.

지나친 사랑은 자생력을 잃게 한다

256 새끼 두더지

두더지는 눈이 먼 짐승인데, 어느 새끼 두더지가 어미 두더지에게 자기는 앞을 볼 수가 있다고 말했다. 그를 시험해 보기 위해 어미 두더지가 유향 한 알을 주고 그것이 무엇인지 물었다.

"조약돌이군요."

그러자 어미 두더지가 말했다.

"애야, 넌 눈만 먼 것이 아니라, 냄새도 못 맡는구나."

미운 사람은 하는 짓마다 모두 밉게 보인다

257 새장 속의 비둘기

새장에 갇혀 있는 비둘기가 자기는 먹을 것이 얼마든지 있다고 자랑했다. 그 말을 들은 까마귀가 이렇게 말했다.

"이거 봐! 그 따위 자랑은 그만둬! 네가 새끼를 많이 낳으면 낳을수록 넌 노예 신세를 더욱 더 한탄하게 될 거야."

세상에는 불행을 당하고 있으면서도
그 사실을 모른채 살아가는 사람도 있다

258 시기하는 낙타

모든 짐승들이 모인 자리에서 원숭이가 자리에서 일어나 춤을 추었다. 거기 모인 짐승들은 열렬히 손뼉을 쳤다.

질투가 난 낙타는 원숭이와 똑같이 박수갈채를 받고 싶었다. 그래서 벌떡 일어나 춤을 추었다.

그러나 낙타가 하도 괴상한 짓을 했기 때문에 다른 짐승들은 몹시 불쾌해져서 몽둥이로 그를 흠씬 두들겨 팬 뒤 다른 데로 쫓아버렸다.

시기심 때문에 자기보다 훌륭한 사람과
경쟁하는 사람은 어리석다

259 벌거숭이 양

엉성하게 털이 깎인 양이 주인에게 이렇게 말했다.

"내 털을 원한다면 좀 더 바짝 깎으세요. 그리고 내 고기를 원한다면 차라리 날 죽여서 잡아먹으세요. 이런 식으로 날 괴롭히지는 마시구요."

솜씨가 서툰 사람은 남을 괴롭히기만 한다

260 비둘기와 개미

목이 마른 개미가 물을 마시려고 샘으로 갔다가 샘에서 흘러나오는 물에 휩쓸려 떠내려가고 있었다. 그것을 본 비둘기가 근처 나무의 가지를 하나 꺾어서 물에 던져주었다.

개미가 나무 가지에 기어올라서 익사를 면했다.

그런 일이 벌어지고 있을 때 새 사냥꾼이 끈끈이를 바른 나무 가지를 들고 비둘기를 잡으려고 했다. 사태를 알아차린 개미가 사냥꾼의 발을 물었다. 사냥꾼은 발이 너무나 아파서 나무 가지를 떨어뜨렸고, 비둘기는 날아가 버렸다.

선행은 다른 선행을 낳는다

261 신의 석상을 지고 가는 당나귀

어떤 사람이 당나귀 등에 신의 석상을 실은 뒤 그 당나귀를 끌고 마을로 들어갔다. 지나가던 사람들이 엎드려서 신의 석상을 향해 절을 하자, 당나귀는 그들이 자기를 섬긴다고 생각하고 오만에 빠져 큰소리로 울어대면서 더 이상 앞으로 나가지 않고 버티었다.

그 속셈을 알아차린 당나귀 주인은 몽둥이로 때리면서 이렇게 말했다.

"이 망할 놈의 돌대가리야! 사람들의 숭배를 받는 당나귀 따위란 이 세상에 있을 수 없는 거야!"

남의 권세를 빌려 생색내는 사람은
주위의 웃음거리가 되게 마련이다

262 수탉 두 마리와 독수리

수탉 두 마리가 암탉들을 둘러싸고 싸움을 벌였다. 마침내 한 쪽이 이겨 다른 쪽을 쫓아버렸다. 패배한 수탉은 수풀 속으로 달아나 몸을 숨겼다.

싸움에서 이긴 수탉은 공중으로 날아오르더니 높다란 담 꼭대기에 올라앉아 목청을 한껏 돋구어 '꼬끼오' 하고 울었다. 그때 지붕 위를 날고 있던 독수리가 수탉을 덮쳐 버렸다. 숨어 있던 수탉은 각자 암탉들을 마음대로 차지했다.

하늘은 오만한 자를 벌하고, 겸손한 자에게 상을 준다

성급하지 말고 천천히 완벽하게 하라

263 쥐를 무서워한 사자와 여우

어느 날 사자가 잠을 자고 있을 때 쥐가 그의 몸 위를 이리 저리 기어다녔다. 깜짝 놀라서 잠을 깬 사자는 대굴대굴 몸을 굴렸다. 누가 또는 무엇이 자기를 공격하는지 알아내고 싶었던 것이다. 그 꼴을 본 여우가 사자에게 겁쟁이라고 비난했다.

"쥐를 무서워하다니!"

그러자 사자가 이렇게 대꾸했다.

"쥐를 무서워해서 이런 게 아냐. 잠자는 사자의 몸 위를 감히 기어다닐 정도로 용감한 놈이 있다는 사실에 놀랐을 뿐이라구."

지혜로운 자는 아무리 사소한 것도 소홀히 하지 않는다

264 짐승들의 왕이 된 원숭이

짐승들이 모인 자리에서 춤을 춰 가장 많은 박수 갈채를 받은 원숭이가 왕으로 선출되었다. 샘이 난 여우는 덫에 끼인 고깃덩어리를 보고 원숭이에게 멋진 보물을 발견했다며 그곳으로 데리고 갔다.

보물을 차지할 특권이 왕에게 있기 때문에 보물을 보고도 자기가 차지하지 않았다고 했다. 여우는 왕에게 보물을 어서 가지고 가라고 재촉했다. 아무런 의심도 하지 않았던 원숭이는 그만 덫에 걸리고 말았다. 자신을 속였다고 원숭이가 비난하자, 여우는 이렇게 대꾸했다.

"모든 짐승을 다스리고 싶다구? 그 전에 네가 얼마나 어리석은 바보인지 깨닫지 그래?"

충분한 준비도 없이 일에 달려드는 사람은
실패할 뿐만 아니라, 비웃음거리가 되게 마련이다

265 어리석은 말

산돼지와 말이 풀밭에서 함께 살고 있었다. 산돼지는 언제나 풀밭을 파헤쳐 놓고 물을 흐리게 만들었다. 말이 복수할 생각에 사냥꾼에게 가서 도움을 청했다.

그러나 사냥꾼은 말이 재갈을 물고 자기를 등에 태우지 않는다면 절대로 도와줄 수 없다고 주장했다. 말은 사냥꾼의 모든 요구를 들어주었다.

이윽고 사냥꾼은 말을 타고 산돼지를 잡았다. 그리고 말을 몰아서 집으로 간 뒤 마굿간에 매어두었다.

지나친 분노는 이성을 잃게 하여
자칫 잘못하면 함정에 빠지기가 쉽다

266 암퇘지와 개

암퇘지와 개가 서로 온갖 욕을 퍼부으면서 싸웠다. 암퇘지는 아프로디테 여신에게 맹세하면서 개를 갈가리 찢어 죽이겠다고 소리쳤다.

개가 싸늘하게 비웃으면서 이렇게 대꾸했다.

"아프로디테에게 맹세하다니 그건 더 잘 됐어! 여신이 널 극진히 사랑한다는 건 분명해. 네 더러운 고기를 먹은 사람은 자기 신전에 절대로 못 들어오게 하는 여신이니까."

암퇘지는 이렇게 대꾸했다.

"그건 여신이 나를 사랑한다는 더 확실한 증거야. 나를 죽이거나 어떤 식으로든 학대하는 사람은 모조리 자기 신전에서 내쫓는다는 뜻이니까. 그렇지만 넌 냄새가 고약해. 죽었을 때보다 살아 있을 때 넌 냄새가 더 고약하다 이거야."

뛰어난 웅변가들은 적의 모욕적인 말도
재빨리 자기에 대한 칭찬으로 뒤집어놓는다

267 말벌과 메추라기의 약속

목이 말라서 죽을 지경에 이른 말벌들과 메추라기들이 농부에게 가서 마실 물을 달라고 애걸했다. 물을 조금만 주면 그 은혜에 보답해서 일을 해주겠다고 말했다.

메추라기들은 그의 포도밭을 파주겠다고 말했고, 말벌들은 자기들의 침을 가지고 도둑들을 공격해서 물리쳐주겠다고 각각 약속했다. 농부는 이렇게 대답했다.

"그런데 내가 가진 황소 두 마리는 아무 약속도 하지 않았는데도 나를 위해 모든 일을 다 해주지. 너희에게 물을 주느니 차라리 내 황소들에게 물을 주는 게 더 낫다."

약속을 남발하는 사람치고 그 실행은 드문 법이다

268 뱀의 자살

어느 날 말벌이 뱀의 머리 위에 내려앉아서 사정없이 침으로 쏘아 괴롭혔다. 너무 아파서 미칠 지경이 된 뱀은 적에게 복수할 길이 없게 되자 자기 머리를 마차 바퀴 밑에 집어넣었다. 결국 말벌은 뱀과 함께 죽고 말았다.

> 어떤 사람들은 적을 죽이기 위해서라면
> 자기 자신의 죽음마저도 겁내지 않는다

269 염소에게 얻어맞은 황소

황소가 사자에게 쫓기다가 야생 염소들이 사는 동굴로 몸을 피했다. 염소들의 뿔에 받치고 발에 채이면서 황소는 이렇게 말했다.

"내가 이렇게 언어터지면서도 참는 것은 너희가 무서워서가 아니야. 내가 정말 두려워하는 건 저기 동굴 밖에서 기다리고 있거든."

> 큰 것을 위해서 작은 것을 희생할 줄 알아야 한다

270 공작과 두루미

공작이 두루미를 놀려대면서 두루미의 깃털 색이 형편없다고 조롱했다.

"난 황금색과 자주색 옷을 입었어. 그런데 넌 날개에 아름다운 것이 하나도 없잖아."

두루미가 이렇게 대꾸했다.

"그렇지만 나는 별들과 가까운 곳에서 노래하고 하늘 꼭대기까지도 날아올라가. 넌 수탉처럼 겨우 암탉들이나 아래에 깔고 올라갈 뿐이야."

초라한 옷을 입어도 명예롭게 사는 것이 더 낫다

271 공작새

새들이 모여서 회의를 열고 왕을 뽑기로 했다. 공작은 자기가 아름답기 때문에 왕으로 뽑혀야 된다고 주장했다. 그래서 모든 새들이 그를 왕으로 선출하려고 하자, 갈가마귀가 나서서 말했다.

"당신이 왕이 된다면 독수리가 우리를 잡아먹으려고 왔을 때 우리가 당신에게 어떤 도움을 기대할 수 있겠소?"

위험을 미리 경고하는 사람을 비난하지 마라

272 고양이와 쥐

유난히 쥐가 들끓는 집이 있었다. 고양이는 그 집으로 가서 쥐를 한 마리씩 차례로 잡아서 먹어치웠다. 계속해서 동료들이 희생당하는 것을 본 쥐들은 별 수 없이 자기네 구멍 속으로 도망쳤다.

구멍 앞에서 쥐가 나올 때까지 기다리고 있던 고양이는 쥐를 유인하기 위해 속임수를 생각해 냈다.

고양이는 나무못으로 기어올라가 매달린 채 죽은 척했다. 쥐 한 마리가 구멍에서 고개를 내밀고 둘러보다가 고양이를 보며 말했다.

"이봐! 네 속임수에 넘어갈 것 같아? 어림도 없는 소리!"

지혜로운 자는 두 번 속지 않는다

273 가면

연극배우의 집으로 살금살금 기어들어간 여우가 배우의 옷장을 뒤지다가 여러 가지 물건 가운데서 아름답게 조각된 큰 괴물의 가면을 발견했다. 그는 가면을 두 손으로 높이 쳐들고 외쳤다.

"야, 이건 머리가 대단히 크구나! 그런데 뇌가 없다니!"

덩치가 크다고 해서 반드시 머리가 좋은 것은 아니다

274 매미를 유혹하는 여우

매미가 나무 꼭대기에서 노래하고 있었다. 매미를 잡아먹고 싶어진 여우가 한 가지 꾀를 생각해 냈다. 나무 밑으로 다가간 여우는 매미의 멋진 노래를 칭찬한 뒤 아래로 내려오라고 청했다. 그렇게 아름다운 목소리를 가진 짐승이 어떻게 생겼는지 꼭 보고 싶다는 것이었다.

여우의 말에 함정이 들어있다고 의심한 매미가 나뭇잎을 하나 따서 아래로 떨어뜨렸다. 그것이 매미인 줄 알고 여우가 덮쳤다. 그러자 매미가 이렇게 말했다.

"이 멍청한 놈! 내가 내려갈 줄 알았냐? 여우 굴에 흩어진 매미의 날개들을 본 이후로 난 언제나 너를 의심해 왔어."

자신을 칭찬해주는 사람을 경계할 필요가 있다

275 두 마리의 비둘기

사냥꾼이 그물을 치고 거기 집비둘기들을 가두어 두었다. 그리고 무슨 일이 벌어질지 멀리서 망을 보았다. 산비둘기 여러 마리가 집비둘기들에게 다가왔다가 그물에 걸리고 말았다. 사냥꾼이 달려가서 그들을 잡기 시작했다.

산비둘기가 집비둘기들에게 같은 비둘기이면서 왜 그물에 대해 경고해주지 않았느냐고 비난했다. 그러자 집비둘기들이 이렇게 대꾸했다.

"우리에게는 동족을 기쁘게 해주기보다는 주인의 비위를 상하게 하지 않는 것이 더 중요해."

친구들보다 회사 상사를
더 극진하게 대한다고 해서 비난할 수는 없다

276 염소와 포도나무

포도나무에서 막 싹이 돋기 시작할 때 숫염소가 그 싹들을 날름날름 씹어먹었다. 그러자 포도나무가 염소에게 이렇게 말했다.

"넌 왜 이런 식으로 나를 해치느냐? 싱싱한 풀이 얼마든지 저기 있잖아! 사람들이 너를 제물로 바칠 때 내가 그들에게 제공해주는 포도주가 줄어들 거라 생각할 필요는 없어."

쓸데없는 걱정은 하지 마라

277 하이에나

하이에나는 매년 암놈이 숫놈이 되고, 숫놈이 암놈이 되는 식으로 변한다.

어느 날 숫놈 하이에나가 암놈 하이에나에게 비정상적인 방식으로 성교를 하려고 달려들었다. 암놈이 이렇게 말했다.

"네가 그런 식으로 하면 머지 않아 너도 똑같은 식으로 당할 거라는 걸 명심해."

남에게 해를 끼치는 사람은 언젠가 자기도 똑같은 해를 받게 된다

278 여우에게 반한 하이에나

여우에게 반한 암놈 하이에나가 그 여우를 매섭게 비난했다. 자기가 가까이 가면 피했고, 친하게 지내고 싶어해도 자기를 멀리 쫓아버렸다는 것이다. 그러자 여우가 이렇게 쏘아붙쳤다.

"넌 나를 탓할 게 아니라, 너 자신의 성별을 한탄해야 마땅해. 네가 여자친구가 될 것인지 남자친구가 될 것인지, 난 통 모르겠거든."

앞을 내다보는 혜안으로 처신하라

279 바보 같은 뱀

어느 날 뱀의 꼬리가 건방지게도 지도자인 척하면서 뱀의 몸을 앞으로 끌고 나갔다.

그러자 나머지 모든 부분이 꼬리에게 이렇게 말했다.

"다른 짐승들과 달리 눈도 코도 없는 네가 어떻게 우릴 끌고 간단 말이냐?"

그러나 그들은 꼬리를 설득할 수가 없었고, 상식이 통하지 않았다. 눈도 없는 꼬리가 뱀의 나머지 부분을 끌고 다녔다.

마침내 돌멩이로 가득 찬 구멍 속으로 뱀이 떨어져 등과 온몸이 시퍼렇게 멍들었다. 그제서야 꼬리가 머리에게 아첨하고 간청하면서 말했다.

"제발 우릴 살려주세요. 당신과 다툰 제가 정말 어리석었어요."

이유없이 주인을 배신하고 반기를 드는 사람은
파멸의 구렁텅이에 빠진다

280 눈먼 강아지

암퇘지와 암캐가 누가 새끼를 더 잘 낳는지에 관해서 다투었다. 암캐는 네 발 가진 짐승 가운데 자기가 새끼를 가장 빨리 낳는다고 주장했다. 그러자 암퇘지가 이렇게 쏘아부쳤다.

"새끼를 빨리 낳으면 다야? 고작해야 눈먼 강아지들이나 낳는 주제에!"

성급하게 일하지 말고, 천천히 완벽하게 하라

281 게으른 강아지

어느 대장장이에게 강아지 한 마리가 있었다.

그가 일을 하고 있을 때 강아지는 잠을 잤고, 그가 식탁에서 식사할 때는 그의 곁에 가서 앉았다. 뼈다귀를 하나 던져주면서 그가 강아지에게 말했다.

"망할 놈 같으니! 언제나 잠만 자고 있잖아! 내가 망치로 모루를 내려칠 때는 언제나 잠을 자고, 내가 턱을 움직이면 즉시 일어나다니!"

게을러서 잠만 자는 사람은 구걸을 면치 못한다

282 그물에 걸린 종달새

사냥꾼이 그물을 치고 있었다. 머리에 볏이 달린 종달새가 멀리서 그를 보고는 무슨 일을 하고 있는지 물었다.

그는 도시를 건설하고 있는 중이라고 대답했다. 그의 말을 믿은 종달새가 아래로 날아 내려왔다가 그물에 걸렸다.

사냥꾼이 잽싸게 달려오자, 종달새가 이렇게 말했다.

"이놈아! 네가 만들고 있는 도시가 이런 거라면 여긴 앞으로 주민이라고는 없을 거야!"

> 지도층이 잔인하고 가혹하게 굴면,
> 주민들은 집을 버리고 그 도시를 떠나버린다

283 재판소에 둥지를 튼 제비

재판소 안에 둥지를 튼 제비가 밖으로 날아가 얼마 동안 돌아오지 않았다. 그 사이에 뱀이 기어올라가 새끼 제비들을 먹어치웠다.

돌아온 제비는 빈 둥지를 보자 통곡했고, 너무나도 슬퍼서 제 정신을 잃을 지경이었다. 다른 제비들이 그 제비를 위로하며 말했다.

"너만 새끼를 잃는 불행을 겪은 게 아냐. 우리도 마찬가지야."

그러자 그 제비가 대꾸했다.

"아아! 다른 곳에서 내가 새끼들을 잃었다면 지금보다는 덜 슬펐겠지. 그러나 여긴 폭력에 희생된 사람들이 도움을 받는 재판소야. 그런데 바로 여기서 내가 범죄의 희생자가 된 거라구!"

전혀 예상치도 않았던 사람에게 피해를 보면
그 타격은 더욱 심하게 느껴진다

284 제비와 까마귀의 다툼

제비와 까마귀가 서로 자기가 더 아름답다고 다투었다. 제비의 주장에 대해 까마귀는 이렇게 대꾸했다.

"네 아름다움은 겨우 봄에만 빛나지만 내 아름다움은 겨울을 견디거든."

아름다운 미모보다는 오래 사는 것이 더 낫다

285 황소와 벼룩

어느 날 벼룩이 황소에게 이렇게 물었다.

"넌 그렇게 몸도 크고 힘도 센데 왜 하루종일 사람들을 위해 일만 하지? 나는 그들을 사정없이 쏘아서 실컷 피를 빨아먹는데 말이야."

황소가 이렇게 대꾸했다.

"난 사람들에게 고마움을 느껴. 그들은 나를 사랑하고 아끼며 자주 내 어깨와 이마를 쓰다듬어주거든."

벼룩은 이렇게 말했다.

"맙소사! 사람들이 쓰다듬어주는 걸 좋아하겠지만, 그건 내 생애 최악의 불행이야. 우연히라도 그들의 손이 나를 쓰다듬는다면 난 짓눌려 죽고 말 테니까."

똑같은 상황에 처하더라도, 그것을 대하는 입장은 서로 다르다

286 늑대와 말

늑대가 밭을 지나가다가, 밀이 가득 심어져 있는 것을 보았다. 밀을 먹을 수가 없었기 때문에 늑대는 계속해서 길을 갔다. 얼마 가지 않아 말을 만나자, 자기가 밀이 있는 곳을 발견했다면서 말을 그리로 데려가려고 이렇게 말했다.

"나는 그 밀을 먹는 대신에 네가 저녁식사로 밀을 즐길 수 있도록 감시만 할 거야. 왜냐하면 난 네가 밀을 씹어먹는 소리를 듣는 게 너무 좋으니까."

말이 이렇게 대꾸했다.

"흥! 이거 봐! 네가 밀을 먹을 수 있다면, 넌 배를 채우기 위해 귀를 쫑끗 세우는 짓은 절대로 하지 않았을 거야."

> 천성이 악한 사람은 아무리 착한 척해도
> 사람들이 믿어주지 않는다

287 병든 암탉과 고양이

암탉이 병들어 누워있다는 말을 듣고 고양이가 불쌍한 생각이 들어 암탉을 방문해서 안부를 물었다.

"어떻게 지내나? 내가 뭘 도와줄까? 필요한 건 없나? 얘기만 해. 세상에 어떤 것이라도 가져다 줄 테니까."

　암탉이 이렇게 말했다.

　"말만 들어도 고맙지만 제발 돌아가 줘. 네가 떠나기만 하면 난 곧 병이 다 나을 거야."

반갑지 않은 손님은 떠나갈 때 가장 큰 환영을 받는다

288 혀가 잘린 처녀가 변신해서 된 제비

제비가 까마귀에게 이렇게 큰소리쳤다.

"난 아테네 출신의 공주야."

이어서 제비는 테레우스*가 자기를 강간하고 혀를 잘라버린 이야기도 늘어놓았다. 그러자 까마귀가 쏘아붙쳤다.

"혀가 없을 때도 그렇게 쉴새없이 재잘거리니, 혀가 생긴다면 넌 뭘 하겠니?"

수다가 지나치면 실속없다는 소리를 듣는다

* 테레우스 : 아레스의 아들이자 다울리스의 왕. 그는 아티카의 왕 판디온의 딸인 프로크네를 아내로 맞이했다. 그는 처제인 필로멜라를 강간하고 혀를 잘라버렸다. 필로멜라가 수를 놓아서 언니에게 일렀고, 프로크네는 그의 아들을 죽여서 복수했다. 그의 추격을 받던 프로크네는 신들의 도움으로 나이팅게일이 되고, 필로멜라는 제비가 되었다. 그리고 그는 후에 후루티가 되었다.

289 앵무새와 흰 담비

어떤 사람이 앵무새를 산 뒤, 그 새가 마음대로 자기 집에서 날아다니도록 풀어주었다. 길들여진 앵무새는 펄쩍 뛰어서 벽난로 위에 올라가 자리잡고 거기서 유쾌하게 노래하기 시작했다. 앵무새를 발견한 흰 담비가 물었다.

"너는 누구이고 어디서 왔느냐?"

"이 집의 주인이 나를 사왔지."

"천하에 뻔뻔스러운 놈 같으니! 새로 들어온 주제에 이렇게 시끄러운 소릴 지르다니! 난 이 집에서 태어났지만, 주인은 내가 찍 소리도 못 하게 금지했어. 내가 조금이라도 소리를 내면, 주인은 나를 두들겨 패서 문 밖으로 내쫓는단 말이야!"

앵무새가 이렇게 대꾸했다.

"그럼 오랫동안 산책이나 하면 되지 뭘 그래? 너와 나는 비교가 안 되는 거야. 내 목소리는 네 목소리와 달리 주인을 불쾌하게 만들지 않거든."

비관론자는 언제나 남을 비난하려고 든다

290 사자와 어리석은 여우

여우가 사자의 하인이 되어 섬기기로 하고 한동안 열심히 일했다. 여우가 사냥감이 있는 곳을 가르쳐주면 사자가 먹이를 잡았다. 그러나 사자가 혼자서만 거의 다 먹어치우는 것을 보고 여우는 질투하게 되었다.

자기도 주인처럼 사냥을 잘 할 수 있다고 생각한 여우는 사냥감을 찾아다니는 일을 그만두고 직접 사냥하겠다고 큰소리쳤다. 다음날 여우가 양 우리에서 양 한 마리를 채어갔다. 그런데 사냥꾼과 사냥개들이 그 여우를 추격하여 잡아죽였다.

주제넘은 짓을 하지 않으면 안전하게 살아갈 수 있다

291 기러기와 두루미

기러기들과 두루미들이 축축한 풀밭에서 먹이를 찾고 있을 때 갑자기 사냥꾼들이 나타났다. 두루미들은 가볍게 날아가 버렸지만, 기러기들은 몸이 무거워서 날지 못하고 사냥꾼들에게 잡히고 말았다.

위급할 때에는 욕심을 버려라

292 박쥐와 흰 담비

박쥐가 땅에 떨어져서 집에 사는 흰 담비에게 잡혔다. 죽게 된 것을 깨달은 박쥐가 살려달라고 애걸했다. 그러나 흰 담비는 단호히 거절했다.

원래 담비는 모든 새들을 잡는 천적으로 태어났기 때문이다. 그러자 박쥐는 자기가 새가 아니라 쥐라고 주장했다. 그래서 박쥐는 잡혀 죽을 위기에서 간신히 벗어났다.

그러다가 공교롭게도 두 번째 땅에 떨어진 그 박쥐가 다른 흰 담비에게 붙잡혔다.

이번에도 박쥐는 흰 담비에게 자기를 잡아먹지 말아달라고 빌었다. 흰 담비는 쥐라면 모두 자기가 끔찍하게 미워한다고 소리쳤다. 그러자 박쥐는 자기가 절대로 쥐가 아니라 박쥐라

266

고 맹세했다. 그래서 이번에도 겨우 목숨을 구했다.

이렇게 자기 이름을 바꾸는 식으로 박쥐는 두 번이나 죽을 위험에서 벗어날 수 있었다.

상황에 맞는 수단을 사용하면 위기를 잘 벗어날 수 있다

293 까마귀의 지혜

목이 말라 죽을 지경이 된 까마귀가 멀리 놓여 있는 물 항아리를 발견하고 기뻐서 날아갔다.

그러나 가까이 다가가 물 항아리를 보고는 실망했다. 바닥에 물이 아주 조금 고여 있어서 자기 주둥이로는 마실 수가 없었던 것이다. 항아리를 엎어서 깨버릴 생각도 들었으나, 힘이 모자라서 그렇게 할 수도 없었다.

마침내 근처에 놓여 있던 조약돌을 보고 묘수가 떠올랐다. 그는 조약돌을 하나씩 물어다가 항아리에 떨어뜨렸다. 물이 점점 위로 올라와 그는 아주 쉽게 물을 마시고 갈증을 풀게 되었다.

필요는 발명의 어머니다

294 사자와 당나귀

사자와 당나귀가 계약을 맺은 후 함께 사냥을 하러 나갔다. 야생 염소들이 사는 동굴에 이르자, 사자는 입구 앞에 누워서 그들이 나오기를 기다렸다.

한편 당나귀는 안으로 들어가서 사방으로 뛰어 돌아다니며 큰소리로 울어대서 염소들이 밖으로 도망치게 했다.

사자가 가장 큰 야생 염소를 잡았다. 밖으로 나온 당나귀
는 자기가 안에서 아주 용감하게 싸워서 염소들을 밖으로 내
몰았다고 말했다. 그러자 사자가 이렇게 대꾸했다.

"네가 당나귀라는 걸 내가 몰랐다면 나도 무서워서 죽을
뻔했을 거야."

유능한 사람들 앞에서 잘난 척하면
조롱을 당하게 마련이다

295 시골 쥐와 도시 쥐

시골에 사는 쥐가 도시에 사는 쥐와 친구가 되었다. 그래서 도시에 사는 쥐를 들로 초대해서 저녁식사를 대접했다. 먹을 것이라고는 보리와 옥수수뿐인 것을 보고 도시에 사는 쥐가 말했다.

"이거 봐. 넌 정말 개미처럼 사는구나! 난 맛있는 게 무척 많아. 우리 집에 같이 가자. 그러면 맛있는 걸 네게도 나누어 줄 테니까."

그래서 둘이 같이 길을 떠났다.

도시에 사는 쥐는 시골에 사는 쥐에게 콩, 밀가루, 야자열매, 치즈, 꿀, 과일 등을 보여주었다. 시골에 사는 쥐는 너무나도 크게 놀라 친구의 풍족한 삶을 진심으로 축복하는 한편 자기 처지를 한탄했다.

그들이 막 식사를 시작하려고 할 때 어떤 사람이 갑자기 문을 열었다. 삐걱거리는 소리에 놀란 쥐들이 두려움에 떨면서 쥐구멍을 찾아 달아났다.

그들이 다시 기어 나와서 마른 무화과를 맛보려고 할 때 다른 사람이 방에 들어와 무엇인가를 찾으려고 두리번거렸다. 그래서 쥐들은 다시 허겁지겁 구멍으로 숨었다.

이윽고 시골에 사는 쥐가 배고픔도 잊어버린 채 친구에게 말했다.

"친구야, 잘 있어. 넌 배를 채우고 즐겁게 지낼 수는 있어. 다만 그건 수천 번 겁에 질리고 위험을 무릅쓴 대가야. 난 비록 가난하고 작은 쥐이긴 하지만 아무도 두려워하지 않아. 또 의심하지도 않는다구. 보리와 옥수수나 썹으면서 지극히 평안한 마음으로 살아가겠어."

욕심을 버리고 소박하게 살아라

296 병든 숫사슴

늙고 병든 숫사슴이 숲 근처에 있는 무성한 풀밭에 누워서 편안하게 지내기로 결심했다. 평소에 이웃과 사이좋게 지낸 덕에 많은 짐승들이 찾아와서 안부를 물었다.

그런데 손님들이 야금야금 풀을 뜯어먹기 시작해서 드디어 풀이 하나도 남지 않게 되었다. 병은 나았지만, 뜯어먹을 풀이 없어서 결국 그는 굶어 죽었다.

나이가 많다거나 병이 들어서 죽은 것이 아니라, 친구들이 풀을 다 먹어치웠기 때문이다.

남에게 베풀기를 좋아하는 사람은
때로는 원치 않는 피해를 입는다

297 박쥐의 입장

새들이 짐승들과 치열하게 싸웠다. 한동안은 어느 쪽이 이길지 불확실했다. 애매모호한 성격을 지닌 박쥐는 중립을 지켰다. 그러다가 짐승들의 승리가 거의 확실해지자 박쥐는 짐승들 편을 들어서 새들과 싸웠다. 그러나 새들이 단결해서 대항했다. 박쥐는 새들 편을 들었고, 드디어 새들이 승리를 거두었다.

평화협정이 체결되자 양쪽에서 박쥐의 행동을 비난했다.

어느 쪽도 그를 인정하지 않아서 그는 평화협정에 참가하지
도 못했다.

그 후 박쥐는 어두울 때 이외에는 감히 남들 앞에 나서지
못한 채 침침한 구멍이나 구석에서 살게 되었다.

지나치게 약삭바른 사람은
다른 사람들로부터 배척받게 마련이다

298 까마귀와 백조

백조의 흰 깃털을 부러워하던 까마귀는 백조 깃이 흰 것은
연못의 물 때문이라고 생각했다.

어느 날 까마귀는 평소에 먹이를 쪼아먹던 장소를 떠나 연
못으로 날아갔다. 그리고 깃털을 물로 씻고 목욕했지만 색깔
은 전혀 변하지 않았다. 깃털은 여전히 새까만 것이었다. 게
다가 그는 평소에 먹던 먹이를 거기서 발견하지 못해 굶어죽
고 말았다.

일하는 장소나 직책이 바뀐다고 해서
사람의 본성이 바뀌는 것은 아니다

299 사자와 어리석은 당나귀

당나귀와 수탉이 같은 농장에서 살고 있었다. 어느 날 굶주린 사자가 지나가다가 아주 건강한 당나귀를 보자 잡아먹고 싶은 생각이 들었다.

사자가 가장 겁내는 것이 수탉의 울음소리였는데, 마침 그때 수탉이 꼬끼오 하고 울었다. 그래서 사자가 있는 힘을 다해서 달아났다. 하찮은 수탉을 겁내서 사자가 달아나는 것을 보고 당나귀가 용기를 내서 사자의 뒤를 쫓아갔다. 그리고 모든 짐승의 왕인 사자를 자기가 농장에서 몰아냈다고 생각해서 우쭐해졌다. 그러나 얼마 못 가서 사자가 잽싸게 몸을 돌려 순식간에 당나귀를 갈가리 찢어 죽이고 말았다.

헛된 망상은 무지에서 시작하여 파멸로 끝난다

300 까마귀와 뱀

까마귀가 햇볕 아래 깊은 잠이 든 뱀을 노렸다가 잽싸게 내려가 낚아채고 위로 솟구쳤다. 그러나 뱀이 머리를 돌려 까마귀를 물었다. 까마귀가 죽어가면서 말했다.

"횡재를 했다고 좋아하다가 내가 죽게 되었구나!"

잠시도 긴장을 풀지 마라

301 사자 가죽을 걸친 당나귀

사자 가죽을 걸친 당나귀가 모든 사람과 짐승의 눈에 사자로 보였고, 그래서 사람이든 짐승이든 누구나 그 앞에서 달아났다. 그러나 강한 바람이 불어 사자 가죽을 날려버리고 그의 알몸이 드러나게 되었다. 그러자 사람들은 그 당나귀를 막대기와 몽둥이로 때리기 시작했다.

부자인 척한다고 부자가 되는 것은 아니다

302 양가죽을 뒤집어 쓴 늑대

어느 날 변장을 하면 먹이를 쉽게 얻고 편하게 살 것이라고 생각한 늑대가 양가죽을 뒤집어썼다. 그리고 양 우리에 살그머니 들어가 다른 양들과 마찬가지로 풀을 뜯었다. 심지어는 양치기마저 그를 알아보지 못했다.

밤이 되자 우리의 문이 닫히고 늑대는 양떼와 함께 거기 갇히고 말았다. 그런데 양치기가 저녁식사를 하기 위해 양을 한 마리 잡아야 했다. 양치기는 그만 늑대를 양으로 착각해서 그 자리에서 죽여버렸다.

실수는 익숙한 습관에서 비롯된다

303 까마귀와 헤르메스

덫에 걸린 새는 아폴로 신에게 자기를 구해주면 유향을 제물로 바치겠다고 맹세했다. 자유의 몸이 된 새는 자신의 맹세를 저버렸다.

얼마 후에 새가 다시 덫에 걸렸다. 그러자 이번에는 헤르메스 신에게 자기를 구해주면 제물을 바치겠다고 맹세했다. 그러자 헤르메스가 이렇게 말했다.

"이 사기꾼아, 네 첫 번째 맹세를 기억하고 있느냐?"

자신에게 베풀어 준 은혜를 고맙게 생각하라

304 갈대와 올리브 나무

갈대와 올리브 나무가 서로 자기가 힘이 세다고 다투었다. 올리브 나무는 갈대가 바람만 불면 늘 굽신댄다고 비웃었다. 갈대는 그 말에 아무 대꾸도 하지 않았다.

얼마 후 바람이 몹시 부는 날이었다. 갈대는 몸을 흔들어 강풍을 피할 수 있었지만, 바람과 맞선 올리브 나무는 견디지 못하고 부러지고 말았다.

자연에 순응하며 살아라

불행은 사람을 성장시켜 준다

9

305 비겁한 사냥꾼

어떤 사냥꾼이 사자의 발자취를 찾고 있었다. 그는 딱따구리에게 사자의 발자국을 보았는지, 사자의 굴이 어디 있는지 아느냐고 물었다.

"저를 따라오세요. 제가 사자를 직접 보여줄 게요."

사냥꾼은 겁에 질려 얼굴이 창백해지고 이빨을 딱딱 마주쳤다.

"난 사자를 직접 보자는 게 아니라 그의 발자취만 찾아내려고 한 거야."

자신이 용감하다고 떠벌리는 사람은
가장 중요한 순간에 핑계를 대며 도망친다

306 곰의 귓속말

두 친구가 함께 길을 가고 있는데 갑자기 곰이 나타났다. 한 사람은 잽싸게 나무 위로 올라가 거기 숨었다.

다른 한 사람은 곰에게 막 잡히려고 할 때 땅바닥에 쓰러져서 죽은 척했다.

곰이 킁킁거리면서 그의 몸에 주둥이를 대고 냄새를 맡았다. 그는 숨을 절대로 내쉬지 않고 있었다. 곰이 사람의 시체에는 손을 대지 않는다는 말을 들었기 때문이다.

곰이 멀리 가버린 뒤 나무에 숨어 있던 사람이 내려왔다.

그리고 친구에게 곰이 그에게 무슨 말을 속삭였는지 물었다.
땅에 쓰러져있던 친구는 이렇게 대답했다.

"위험할 때 혼자만 달아나는 친구하고는 앞으로 같이 여행
하지 말라고 했어."

위험이 닥쳤을 때 함께하는 친구가 진정한 친구이다

307 어리석은 사람과 여우

어떤 사람이 여우에게 긁혀 상처를 입게 되었다. 그는 여우를 죽도록 미워하면서 복수할 기회를 노리고 있었다.

얼마 후에 그는 여우를 잡게 되었다. 그는 기름에 절인 밧줄을 여우 꼬리에 묶은 후 밧줄에 불을 피우고 여우를 놓아주었다. 그것을 본 어떤 신이 여우를 충동질하여 그 사람의 밭으로 달려가 모든 곡식더미에 불을 붙이게 했다.

마침 추수 시기였다. 그 사람은 여우의 뒤를 쫓아갔지만 별 수 없었다. 불에 타버린 곡식을 보며 엉엉 울 뿐 아무것도 할 수 없었다.

화를 내면 자기만 손해를 본다

308 함정에 빠진 사자

사자가 어느 농부의 짐승 우리에 들어갔다. 사자를 잡고 싶어진 농부는 문을 닫아버렸다.

자기가 함정에 빠진 것을 깨달은 사자는 양들을 모두 잡아먹었고 다른 가축들을 공격했다. 농부는 자신의 안전마저도 위협을 느끼고 크게 겁을 집어먹은 나머지 우리의 문을 열었고, 사자는 재빨리 도망쳐 버렸다.

사자가 달아난 뒤 엉엉 울면서 한탄하는 농부에게 그의 아내가 다가가서 이렇게 말했다.

"당신은 당해도 싸요. 사자를 멀리서 보기만 해도 부들부들 떠는 당신이 그런 야수를 우리 속에 가두려고 했으니!"

강한 자를 자극하는 사람은
어리석음의 대가를 치러야 한다

309 화살을 두려워하는 사자

활을 매우 잘 쏘는 사람이 사냥을 하기 위해 산으로 올라갔다. 모든 짐승들이 달아났지만, 사자만은 홀로 남아서 그와 대결했다. 그는 화살을 날려서 사자를 맞추었다. 그리고 이렇게 말했다.

"그 화살은 내 심부름꾼이다. 이제 곧 내가 직접 너를 상대해 주겠어."

부상 당한 사자가 부리나케 달아나자, 여우가 사자에게 달아나지 말라고 소리치자 사자는 이렇게 대꾸했다.

"네 말에 안 속는다. 그의 심부름꾼마저도 무섭게 찔러 상처를 주는데, 그 사람 자신이 직접 나를 잡으러 오면 내가 무슨 수로 대적하겠어?"

처음부터 일의 결과를 잘 생각해 보고 자신을 안전하게 지켜야 한다

310 전갈과 소년

어떤 소년이 성벽 앞에서 메뚜기를 잡고 있었다. 상당히 많이 잡고 난 뒤 그는 전갈을 발견했다. 소년은 전갈을 메뚜기로 잘못 생각하고 손바닥으로 덮치려고 하자, 전갈이 독이 든 꼬리를 치켜세우면서 소년에게 말했다.

"덤비기만 해 봐! 네 손에 있는 메뚜기들까지 무사하지 못할 테니."

선한 사람과 악한 사람을 선별하는 혜안이 필요하다

311 나무꾼과 소나무

어떤 나무꾼들이 소나무를 쪼개고 있었다. 그들은 소나무로 만든 쐐기를 이용해서 소나무를 쉽게 쪼갤 수가 있었다. 그때 소나무가 이렇게 말했다.

"나는 나를 베어 넘기는 도끼보다도 내 몸에서 나온 쐐기가 더 무섭다."

가까운 이로부터 받는 마음의 상처는 더 오래 남는 법이다

312 사자와 여행하는 사람

사람과 사자가 함께 여행을 하다가 누가 더 힘이 센가를 두고 다투게 되었다.

그때 그들은 사자의 목을 졸라 죽이는 사람이 새겨진 조각상을 보게 되었다. 사람이 조각을 손으로 가리키면서 사자에게 말했다.

"저거 봐. 사람이 사자보다 더 힘이 세잖아!"

그러자 사자는 미소를 지으면서 대꾸했다.

"사자들이 조각을 할 수만 있다면, 사자 발톱에 찢기는 수많은 사람의 조각을 넌 볼 수 있었을 거야."

조각은 어디까지나 조각일 뿐이다

313 물고기의 소원

어부가 그물을 던져 강꼬치 한 마리를 잡았다.

"어부 아저씨! 전 몸집이 작아서 먹을 것도 없을 거예요. 그러니 절 다시 바다로 돌려보내 주세요. 나중에 제가 자라서 아주 큰고기가 되었을 때 절 잡아주세요. 그러면 아저씨한테 이익이 될 거예요."

그러자 어부가 이렇게 대꾸했다.

"허튼 소리 작작해! 앞으로 올지 안 올지도 모를 이익을 생각하면서, 손안에 쥔 걸 버리라고? 나중에 네가 큰 물고기가 되든 안 되든 그건 내 알 바 아니니까."

자기 손에 든 이익이 적다고 버리는 것은 어리석다

314 양치기와 바다

바닷가에서 양떼를 치던 양치기는 잔잔한 파도를 바라보며 자신도 배를 타고 장사를 하고 싶다는 생각이 들었다.

그는 양을 팔아 그 돈으로 대추야자를 사서 항해에 올랐다. 그런데 출항한 지 얼마 안 되어 배가 심한 폭풍우를 만나 바다에 가라앉을 지경이 되었다. 그는 배에 가득 실은 대추야자를 정신없이 바다로 던져서 간신히 자기 목숨을 구했고,

빈 배만 남게 되었다.

　얼마 후 다른 사람이 놀란 눈으로 잔잔해진 바다를 보고
있자, 양떼를 몰던 양치기가 그에게 말했다.

　"바다가 대추야자를 더 먹고 싶은 모양이오."

　　　　　　　　　　　　　　　경험은 사람을 지혜롭게 한다

315 메추라기와 사냥꾼

메추라기 한 마리를 잡은 사냥꾼이 그것을 먹으려고 죽이려 들자, 메추라기가 애걸하며 말했다.

"절 살려주세요! 그러면 다른 메추라기들을 많이 당신에게 데려오겠어요."

그러자 사냥꾼이 이렇게 대꾸했다.

"그러니까 더욱 너를 죽여야겠어. 왜냐하면 넌 자기 동료와 친구들을 배신할 생각이거든."

친구들을 배신하려고 하면,
자신이 먼저 함정에 빠진다

316 돌멩이를 낚아 올린 어부

여러 명의 어부가 힘을 모아서 커다란 그물을 끌어올리고 있었다. 그물은 끌어올릴 수 없을 정도로 무거웠다.

그들은 머릿 속으로 어마어마하게 많은 물고기를 떠올렸다. 그러나 그물을 해변까지 끌어당기고 보니 그물에는 돌과 잡동사니로 가득 차 있었다.

어부들은 형편없는 수확량은 그렇다 쳐도, 한껏 부풀었던 기대가 산산조각이 났기 때문에 더욱 낙담했다.

그 중 나이가 제일 많이 든 어부가 이렇게 말했다.

"자, 너무 낙담하지는 맙시다. 기쁨과 슬픔은 형제입니다. 우리가 김칫국부터 마시듯 미리 기뻐했다면, 그 뒤에 슬픔이 따라올 것을 당연히 예상했어야 하지요."

인생길에서는 햇볕이 드는 곳과
그늘이 쉴새없이 바뀐다

317 밧줄로 강물을 치는 어부

한 어부가 강가에서 물고기를 잡고 있었다. 한쪽 둑에서 맞은편 둑까지 그물을 쳐놓은 뒤, 밧줄 끝에 돌을 매어달고는 그 밧줄을 내리치며 물을 때려댔다.

물고기들이 도망치다가 그물에 걸리게 만들 생각이었다. 강가에 사는 사람들은 어부에게 마실 물을 흙탕물로 만들었다고 불평했다. 그러자 어부는 이렇게 대답했다.

"그럼 난 굶어 죽으란 말이오?"

대중을 선동하는 정치가들은
나라를 혼란에 빠뜨려 자기 이익을 챙긴다

318 사냥꾼과 어부

짐승을 잔뜩 잡은 사냥꾼이 귀가 길에 고기를 많이 잡은 어부를 만났다. 그들은 서로 상대방이 가진 것을 먹고 싶었다. 그래서 그들은 각자가 잡은 것을 서로 교환했다.

그날 이후 그들은 날마다 그렇게 바꾸었다. 그러자 어떤 사람이 이렇게 말했다.

"각자 잡은 것을 그렇게 자주 교환한다면, 당신들은 교환하는 기쁨을 잃게 되고, 결국 자기가 잡은 것만 먹고 싶어질 날이 올 거요."

절제는 기쁨을 증가시킨다

319 어리석은 목동

늑대가 양떼를 따라가면서도 조금도 해치지 않았다. 양치기가 처음에는 그를 적으로 보고 불안한 시선으로 감시했다. 그러나 계속해서 따라오면서도 전혀 해칠 기색을 보이지 않자, 그를 적이 아니라 보호자로 여기고는 아무런 경계도 하지 않게 되었다.

어느 날 양치기가 마을에 볼 일이 있어서 자리를 비우게 되었을 때, 늑대에게 양떼를 잘 지켜달라고 맡기고 떠났다.

좋은 기회가 왔다고 판단한 늑대는 양떼를 물어 죽였다.
되돌아와서 죽은 양들을 바라본 양치기가 소리쳤다.

"내가 당연히 벌을 받았다. 도대체 내가 왜 양떼를 늑대에게 맡겼던가!"

고양이에게 생선을 맡기는 것은 어리석은 짓이다

320 돌이킬 수 없는 실수

어느 날 목동이 염소를 우리 안으로 불러들이는데, 한 마리가 계속 풀을 뜯고 있었다. 화가 난 목동은 돌을 집어 던졌다. 공교롭게도 그 돌에 염소의 왼쪽 뿔이 부러져버렸다.

목동은 염소에게 애걸복걸하며 제발 고자질을 하지 말라고 사정했다. 그러자 염소가 말했다.

"제가 입을 다물면 부러진 뿔이 다시 붙기라도 합니까? 설마 제가 이 추한 뿔을 감출 수 있다고 생각하는 것은 아니겠죠?"

명백한 잘못은 감출 수가 없다

321 늑대에게 도둑질을 가르친 양치기

양치기가 늑대 새끼를 길러주었다. 그런데 그는 어린 늑대에게 이웃집의 양을 훔쳐오도록 가르쳤다.

어느 날 늑대가 그에게 대들면서 말했다.

"당신이 도둑질하는 습관을 내게 붙여주었으니, 이제부터는 당신 양을 잃지 않도록 조심하시오."

영리한 사람이 도둑질을 배우면,
다른 사람에게 피해를 더 입힌다

322 늑대와 양치기들

늑대가 어느 오두막집 안을 들여다보니, 양고기를 매우 기쁜 표정으로 뜯어먹는 양치기들의 모습이 시야에 들어왔다. 그래서 늑대가 이렇게 중얼거렸다.

"양고기를 즐기는 나를 저 사람들이 발견했다면 난 분명히 혼이 났을 거야."

자기 자신을 아는 것이 중요하다

323 야생염소와 목동

염소를 치는 목동이 염소들을 풀밭으로 인도한 후 자세히 살펴보니, 염소 무리에 야생 염소가 섞여 있었다. 저녁이 되자 목동은 염소들을 모두 동굴로 몰아 넣었다.

다음 날 엄청난 태풍이 불어닥쳐 염소들을 풀밭에 풀어놓을 수 없게 된 목동은 염소들을 동굴 안에 내버려 두었다. 목동은 자기 염소들에게는 굶어 죽지만 않을 정도로 꼴을 주었고, 야생 염소들에게는 꼴을 많이 주고 정성스레 보살폈다.

날씨가 다시 좋아지자 목동은 염소들을 몰고 풀밭으로 나갔다. 산에 도착하자마자 야생 염소들은 달아나 버렸다. 정성껏 보살펴 주었는데도 달아나는 것은 배은망덕한 처사라고 비난하면서 그들에게 돌아오라고 고함쳤다. 야생 염소들은 몸을 돌려 이렇게 대꾸했다.

"그럴수록 더 의심이 든다는 걸 모르세요? 당신이 오래 데리고 있던 염소들보다도 처음 본 우리를 더 잘 보살펴주었으니, 만약 다른 염소들이 새로 오면 당신은 우리들을 냉대할게 분명해요."

어떤 사람이 오래 사귄 친구보다
새로 사귄 친구를 더 가까이 한다면 그를 경계하라

324 늑대를 키운 양치기

양치기가 늑대 새끼들을 발견하고는 데려다가 정성껏 키웠다. 그는 그것들이 자라면 자기 양들을 보호해 줄 뿐만 아니라, 다른 사람들의 양들을 잡아서 자기에게 가져다 줄 것이라고 기대했던 것이다.

그러나 늑대들은 기회를 노리다가 두려워할 것이 아무 것도 없게 되었을 때 양들을 마구 잡아먹었다. 불행한 사태를 뒤늦게 깨달은 양치기가 신음하면서 이렇게 말했다.

"이런 꼴을 내가 당해도 싸지. 어른이 된 늑대들은 잡아죽이면서, 어쩌자고 어린 새끼들을 구해주었단 말이냐?"

사악한 사람을 구해주면 그는 우선 은인부터 해친다

325 어리석은 양치기

양치기가 양들을 우리에 넣다가 늑대도 같이 가두고 말았
다. 그래서는 안 된다고 깨달은 개가 양치기에게 말했다.
"양떼가 있어야만 먹고 살 수 있는 당신이 어쩌자고 늑대
를 함께 양 우리에 넣는단 말이오?"

사악한 친구들과 사귀면
크게 손해를 보고 목숨마저 잃는다

326 은혜 갚은 독수리

어느 농부가 그물에 걸린 독수리를 발견했다. 독수리가 하
도 아름다워서 감탄한 나머지 독수리를 풀어서 들판에 놓아
주었다. 독수리는 은혜를 잊지 않았다.

마침 농부가 막 무너지려는 담 밑에 앉아있는 것을 본 독수리는 급하게 아래로 날아가 농부의 머리를 싸맨 수건을 발톱으로 채어갔다.

농부가 벌떡 일어나더니 독수리를 쫓아가기 시작했다. 독수리는 그 수건을 땅에 떨어뜨려 주었다. 수건으로 다시 머리를 싸맨 농부는 담이 있는 곳으로 되돌아 가서 자기가 앉아 있던 바로 그 지점에 담이 무너져 있는 것을 발견했다. 독수리의 보답을 받게 된 것을 깨닫고 농부는 크게 놀랐다.

선행은 다른 선행으로 보답을 받을 가치가 있다

327 위기에 처한 목동

소를 치는 목동이 송아지 한 마리를 잃었다. 그 일대를 샅샅이 뒤져보았지만 찾아낼 수가 없었다. 그는 만일 송아지를 훔쳐간 도둑을 발견한다면 감사의 뜻으로 어린 양 한 마리를 제우스 신에게 바치겠다고 맹세했다.

맹세를 한 지 얼마 지나지 않아서 숲으로 들어간 청년은 자기가 잃어버린 송아지를 잡아먹고 있는 사자를 만났다. 공포에 질린 그는 하늘을 향해 두 팔을 높이 쳐들고 외쳤다.

"오, 위대한 제우스 신이여, 방금 전에 저는 도둑을 발견

하면 어린 양을 바치겠다고 맹세했지만, 저 도둑의 발톱에서
무사히 달아날 수만 있다면 황소를 바치겠습니다!"

다급한 상황에 처하면 사람들은 말을 함부로 바꾼다

328 농부와 우연의 여신

어느 농부가 밭을 갈다가 우연히 금화가 잔뜩 든 항아리를 발견하게 되었다. 그는 대지의 여신이 행운을 내려주었다고 믿고 매일 대지의 여신 석상을 화환으로 장식했다.

우연의 여신 티케가 그에게 나타나서 이렇게 말했다.

"이거 봐. 내가 너를 부자로 만들어 주려고 큰 선물을 주었는데, 대지의 여신 덕분이라고? 앞으로 사태가 변해서 그 금화 단지가 다른 사람의 것이 된다면 그건 우연의 여신인 내가 시킨 일인 줄 알아라. 그 때 넌 나를 원망할 거야."

누가 자기를 돕는지 확실히 알고 그에게 감사하라

329 늑대와 양치기 소년

마을에서 멀리 떨어진 곳에서 양떼를 치던 목동이 심심해서 마을 사람들에게 고함을 쳤던 것이다.

"늑대다! 늑대가 양들을 잡아먹고 있어요! 빨리 와서 도와주세요!"

마을 사람들은 소년의 말을 듣고 낫과 괭이를 손에 들고 부리나케 달려왔다. 그러나 눈을 씻고 봐도 늑대가 보이지 않자 다시 일터로 돌아갔다.

양치기 소년은 두 번 더 늑대가 나타났다고 거짓말을 했다. 그러다 늑대가 정말 나타나 양들을 마구 물어 죽였다.

양치기 소년은 어쩔 줄 몰라하며 사람들에게 도움을 청했으나 마을 사람들은 '이번에도 속을 줄 알고? 늑대는 무슨 늑대!'라고 투덜거리며 들은 척도 안 하며 일을 계속했다. 결국 양치기 소년의 양들은 모두 죽고 말았다.

거짓말쟁이는 진실을 말해도 사람들이 그를 믿어주지 않는다

330 두려움에 떨고 있는 개

농부가 너무 고약한 기후 탓에 작은 농장에 틀어박혀 있게 되었다. 음식을 구하러 밖으로 나갈 수도 없었다.

농부는 우선은 양들을 잡아먹었고, 고약한 날씨가 계속되자 염소들도 잡아먹었다. 여전히 날씨가 나쁜 탓에 그는 황소들까지 잡아먹고 말았다. 그의 행동을 지켜보던 개들이 서로 의논했다.

"여기서 도망치는 게 좋겠다. 자기를 위해서 일해주던 황소들마저 잡아먹었으니, 우리가 다음 차례인 게 분명해!"

가까운 친구를 이용하려는 사람을 경계하라

331 강물과 쇠가죽

떠내려오는 쇠가죽을 발견하고 강물이 가죽에게 이름이 무엇인지 물었다. 가죽은 이렇게 대답했다.

"내 이름은 딱딱한 것이야."

그러자 강물이 가죽 위로 물을 더 퍼부으면서 말했다.

"너를 즉시 말랑말랑하게 만들어줄 테니, 다른 이름을 생각해 내라."

대담하고 오만한 사람들이 불행에 압도당하는 경우가 많다

332 개미로 변한 농부

옛날에는 개미가 한때 사람이었던 시절이 있었는데, 그 내력은 이렇다.

어느 농부가 자기 밭에서 거둔 것으로 만족하지 않고 이웃 농부가 추수한 것을 샘내다가 훔쳐갔다. 그의 탐욕을 보고 화가 난 제우스는 그를 변하게 만들었다. 그러나 몸은 비록 개미로 변했지만 그의 성질은 변하지 않았다. 지금도 그는 들판을 돌아다니면서 남의 밀이나 보리를 가져다가 자기 혼자 먹으려고 쌓아둔다.

아무리 심한 처벌도 사람들의
사악한 본성을 바꿀 수는 없다

333 배짱 좋은 두루미

농부가 씨를 뿌린 지 얼마 지나지 않아 두루미들이 그 밭에 내려앉아 씨를 파먹었다. 농부가 얼마 동안 빈 돌팔매 줄을 휘두르면서 새들을 위협해 쫓아버렸다.

그러나 두루미들은 그가 돌을 쏘지 않고 그냥 빈 바람만 일으키는 것을 보고 두려워하지도 않고 날아가지도 않았다. 드디어 농부가 돌팔매에 돌을 재워 넣고 쏘아서 많은 두루미들을 죽였다. 도망치는 두루미들이 이렇게 말했다.

"이젠 우리가 도망칠 때가 되었어. 저 사람은 그냥 위협만 하는 게 아니라, 정말 우릴 없애버리기로 결심했거든."

말로 해서 효과가 없으면 주먹이 날아온다

334 아낌없이 주는 나무

어느 농부의 밭에 아무 열매도 맺지 못하는 나무 한 그루가 서 있었다. 그 나무가 하는 일이라고는 참새들과 콧노래 부르는 매미들이 앉을 자리를 제공하는 것뿐이었다.

나무가 열매를 맺지 못한다고 깨달은 농부는 그 나무를 베어버리려고 도끼를 들고 가서 한번 내려찍었다.

참새들과 매미들이 자기들의 보금자리를 베어버리지 말라

고 농부에게 사정했다. 그대로 두면 자기들이 농부를 위해 아름다운 노래를 불러주겠다고 말했다.

농부는 아랑곳도 하지 않은 채 도끼를 휘둘러 두 번 세 번 내려찍었다. 나무에 구멍이 드러나자 거기서 벌떼와 꿀을 발견했다. 그가 꿀을 맛보고 나서는 도끼를 내려놓고 말았다.

그 후부터 그는 나무를 신성한 보물처럼 존중하고 열심히 보살펴 주었다.

자기 이익에 눈이 멀면, 그만큼 정의도 멀어진다

335 배은망덕한 꿀벌

어떤 사람이 꿀벌을 치는 사람의 집에 들어가 주인이 없는 사이에 꿀과 벌집을 훔쳐갔다.

벌 치는 사람이 집에 돌아와 절망하며 빈 벌통을 자세히 검사하자, 꿀을 따가지고 돌아온 벌들이 주인을 침으로 공격했다. 주인은 고함치며 말했다.

"이 망할 놈들아! 네 집을 훔쳐간 도둑놈은 벌주지 않고 너희를 돌보는 나를 공격하느냐!"

사람들은 무지 때문에 주위사람들을 의심한다

336 농부와 늑대

쟁기로 밭을 갈던 농부는 황소들을 잠시 쉬게 하려고 물통으로 끌고 갔다.

마침 배가 고파 먹이를 찾아다니던 늑대가 쟁기를 발견하고는 즉시 멍에 안쪽을 핥아대면서 황소의 냄새를 즐기기 시작했다.

그러는 사이에 늑대의 목이 조금씩 멍에 속으로 들어가다가 드디어 꽉 조여지게 되었다. 목을 뺄 수가 없게 된 늑대는 그 멍에를 끌고 밭고랑으로 갔다. 밭으로 돌아온 농부가 멍에에 목이 끼인 늑대를 발견하고는 이렇게 말했다.

"이 망할 놈의 늑대야! 네가 약탈을 그만두고 밭갈이나 열심히 한다면 얼마나 좋겠냐!"

악한 사람이 성실한 척해도 절대로 믿지 마라

337 씻을 수 없는 아픔

뱀이 농부의 아들에게 살금살금 다가가서 물어 죽였다. 슬픔으로 미칠 지경이 된 농부는 도끼를 들고 뱀 구멍으로 가서 망을 보기 시작했다. 뱀이 기어 나오는 순간 도끼로 내리칠 기세였다.

뱀이 구멍에서 고개를 내밀자 농부가 도끼를 내려쳤지만 빗나가서 옆에 있던 큰 돌을 두 쪽 내고 말았다. 도끼가 빗나간 것을 깨달은 농부는 뱀이 물어 죽일까봐 몹시 겁을 내며 뱀의 비위를 맞추려고 애썼다. 그러나 뱀은 이렇게 대꾸했다.

"우리 가운데 그 누구도 상대방에게 호감을 갖고 있는 척할 수는 없소. 저 돌에 난 흉터를 바라볼 때마다 나는 당신에게 좋은 감정을 가질 수가 없고, 당신 아이의 무덤을 바라볼 때마다 당신은 내게 좋은 감정을 가질 수가 없을 거요."

극도의 증오를 품으면 화해가 불가능하다

338 바다로 흐르는 강물

옛날에 강물들이 한데 모여서 손을 잡고 바다로 들어갔다. 바다로 들어간 강물들은 바다를 비난했다.

"우리 강물들은 신선하고 단 물을 네게 주는데, 너는 어쩌자고 우리를 짜고 맛없는 물로 만드냐?"

강물들의 성미가 고약하다는 것을 잘 알고 있던 바다가 이렇게 말했다.

"짠물이 되기 싫다면 지금 당장 나한테서 멀리 떠나라."

가장 이익을 많이 보는 사람이 제일 먼저 불평한다

339 장미와 아마란토스

장미 곁에 핀 아마란토스 꽃이 이렇게 말했다.

"넌 정말 아름답구나! 넌 신들과 사람들을 기쁘게 해주지. 네 아름다움과 향기를 치하한다."

장미가 이렇게 대꾸했다.

"아마란토스! 난 불과 며칠밖에 못 살아. 아무도 나를 꺾지 않는다 해도 난 시들고 말지. 그러나 넌 언제나 피어 있고 영원히 시들지 않는 꽃이잖아!"

사치스럽게 살다가 빨리 죽기보다는
소박하게 오래 사는 것이 더 낫다

340 통나무의 왕

하루는 통나무들이 모여 회의를 열고 자기들의 왕을 선출하기로 했다. 그들은 올리브 나무에게 말했다.

"우리를 다스리는 왕이 되어 주시오."

올리브 나무가 이렇게 대꾸했다.

"뭐라고? 신과 사람들이 더없이 귀중하게 여기는 내 올리브 기름을 포기하고 너희들을 다스리란 말이냐?"

그러자 통나무들은 무화과나무에게 말했다.

"자, 우리들의 왕이 되어 주시오."

그러나 무화과나무도 역시 올리브 나무처럼 같은 대답을 했다.

"뭐라고? 달콤하고 맛있는 내 열매를 버리고 너희들을 다스리란 말이냐?"

그러자 통나무들은 가시나무에게 말했다.

"자, 우리에게 와서 왕이 되어 주시오."

그러자 가시나무가 이렇게 말했다.

"나에게 기름을 부어 정말 왕으로 삼기를 원한다면, 너희는 내 밑으로 와서 피난처를 구하는 것이 좋을 거야. 그렇게 하지 않는다면 나의 잔가지에 붙은 불이 튀어나가 레바논의 삼나무들마저 태워버릴 테니까."

가장 가까운 곳에 자신을 도울 자가 있다

341 말다툼

어느 날 석류나무와 사과나무와 올리브 나무가 누구 열매가 더 좋은지를 놓고 다투었다. 말다툼이 점점 심해지자, 근처의 덤불에서 그들의 말을 듣고 있던 가시나무 소리쳤다.

"이봐요! 서로 싸우는 짓은 이제 그만둬요!"

지도층이 서로 싸우기만 하면,
서민들의 원성이 하늘을 찌른다

342 가시나무

박쥐와 가시나무와 갈매기가 공동으로 장사를 해 볼 생각으로 한 자리에 모였다. 박쥐는 다른 곳으로 나가서 사업자금을 빌리고, 가시나무는 많은 옷감을 상품으로 내놓았으며, 갈매기는 많은 양의 구리를 가져왔다.

이윽고 그들이 장사를 하려고 돛단배를 타고 떠났다.

그러나 심한 폭풍우를 만나 배가 좌초하여 물건을 모두 잃어버렸다. 그들은 난파선을 벗어나 겨우 목숨만 건질 수가 있었다.

그 후부터 갈매기는 자기 구리가 파도에 밀려왔나 해서 바닷가를 뒤지며 다니게 되었다. 박쥐는 빚쟁이들이 무서워서 낮에는 감히 외출을 못한 채 밤에만 먹이를 구하러 다니게 되었고, 가시나무는 자기가 잃은 옷감과 비슷한 것이라도 찾아내려고 지나가는 사람의 옷을 마구 잡아채게 되었다.

사람이란 자기가 아끼는 물건에 집착하게 마련이다

343 봄과 겨울

어느 날 겨울이 봄을 조롱하고 놀려댔다. 봄이 되면 아무도 더 이상 편안하게 지내지 못한다는 것이다.

"어떤 사람들은 초원이나 숲에서 나리와 장미를 꺾어 감탄하는가 하면, 그 꽃들을 자기 머리카락에 꽂고 또 어떤 사람들은 배를 타고 바다를 건너 다른 나라의 친구들을 만나기도하지. 바람이나 홍수를 아무도 두려워하지 않는단 말이야."

이어서 겨울이 이렇게 말했다.

"나는 절대권력을 휘두르는 독재자와 같아. 사람들에게 하늘을 쳐다보지 말고 두려움에 몸을 떨면서 시선을 아래로 깔라고 명령하지. 때로는 집에 틀어박혀 하루 종일 자기 집을 보는 일에 만족하라고 명령하는 거야."

봄이 이렇게 대꾸했다.

"바로 그 이유 때문에 사람들은 네 손아귀를 벗어나면 기뻐하는 거야. 반면에 내 이름은 그들에게 가장 아름다운 이름이야! 제우스 신의 이름을 걸고 맹세해도 좋아! 그래서 내가 사라지면, 그들은 나에 관한 추억을 고이 간직하고, 내가 다시 나타나면 크게 기뻐하는 거야."

사람들은 모두 제 잘난 맛에 산다

344 막대기와 벽

막대기가 벽을 매섭게 찔렀다. 벽이 비명을 내지르며 소리쳤다.

"나는 너를 조금도 해치지 않았는데, 왜 이렇게 자꾸 찔러대는 거야?"

막대기가 이렇게 대꾸했다.

"너를 아프게 만드는 건 내가 아니라, 내 뒤에서 마구 나를 뒤흔드는 사람이야."

상황을 올바로 파악하는 분별력을 가져라

345 호두나무

길가의 호두나무가 늘 돌멩이 세례에 시달려 한숨을 쉬며 말했다.

"날이면 날마다 모욕과 고통을 받고 살아야 하다니!"

누구나 타고난 조건은 감수할 수밖에 없다

346 달에게 맞는 옷

어느 날 아기 달이 자기에게 꼭 맞는 옷을 지어달라고 엄마 달에게 졸라댔다. 그러자 엄마 달이 이렇게 말했다.

"네게 꼭 맞는 옷을 내가 어떻게 만들어 줄 수 있단 말이니? 넌 지금 초승달인데 곧 커져서 보름달이 될 거야. 그 다음에는 보름달도 아니고 초승달도 아닌 것이 된단 말이다."

자기 자신을 잘 알면 상대를 볼 수 있는 능력이 생긴다

347 옹기 그릇과 청동 항아리

흙으로 만든 옹기 그릇이 청동 항아리와 함께 강물에 떠내려가고 있었다. 옹기 그릇이 청동 항아리에게 이렇게 소리쳤다.

"제발 내 곁에 오지 말고 멀리 떨어져서 헤엄쳐. 네가 내게 부딪치면 난 산산조각이 날 거야. 또 내가 네게 닿아도 결과는 마찬가지거든."

까다로운 지배자를 만난
서민들의 삶은 아슬아슬하기만 하다

348 북풍과 태양

북풍과 태양이 누가 힘이 센지 다투었다. 여행하는 사람의 옷을 벗기는 쪽이 승리의 월계관을 차지하기로 약정했다. 북풍이 먼저 나서서 시도했다.

그는 입김을 세게 불었다. 여행자가 옷깃을 더욱 단단히 여미자, 북풍은 더욱 세찬 바람으로 공격했다. 한층 심한 추위를 느낀 그 사람은 옷을 더욱 많이 껴입었다. 이윽고 실망한 북풍이 태양에게 차례를 넘겼다.

태양이 약간 더 밝게 빛내자, 여행자는 외투를 벗었다. 그 다음에는 뜨거운 햇살을 마구 내려 쪼이자, 그 사람은 더위를 견디지 못해 옷을 모조리 벗어 던지고 나서 근처의 강물 속으로 텀벙 뛰어들었다.

강한 힘보다 부드러운 말이 더 강하다

남을 무시하면 자기도 무시당한다

10

349 등불

기름이 가득 찬 등불이 밝은 빛을 발산했다. 등불은 자기가 태양보다 더 찬란하게 비춘다고 자랑했다. 그런데 세찬 바람이 불자 등불이 꺼지고 말았다. 어떤 사람이 등불을 다시 켜고 이렇게 말했다.

"등불아, 다시 붙어라. 그러나 별빛은 절대로 꺼지는 법이 없다는 것을 명심하라."

> 자기가 만든 틀 속에 갇히면
> 틀 밖의 세상을 전혀 볼 수 없게 된다

350 디오게네스

여행 중이던 디오게네스*는 수심이 깊어 보이는 강어귀에서 걸음을 멈추었다. 그 모습을 보고 있던 청년은 디오게네스에게로 달려와 그를 등에 업고 강을 건넜다.

친절한 청년의 도움으로 강을 건넌 디오게네스는 주머니를 뒤져 감사의 뜻을 전하려 했으나, 돈이 한 푼도 없었다. 디오게네스가 고민에 빠져 있을 때였다.

청년은 강을 건너지 못해 안절부절 못하는 다른 여행객에게 잽싸게 달려가서 그를 등에 업고 물을 건너는 것이었다.

디오게네스는 청년을 나무라며 말했다.

"나는 당신이 고맙지 않소. 당신은 진실된 마음으로 나를 도와준 게 아니라 충동에 따라 미친 듯이 행동했기 때문이오."

아무에게나 친절을 베푸는 사람은
바보라는 소리를 듣게 마련이다

* 디오게네스 : 기원전 4세기 그리스의 철학자. 폰투스의 시노페에서 출생하여 안티스테네스의 제
  자가 되었다. 커다란 항아리를 집으로 삼고 살았다고 전해진다.

351 구걸하는 사제들

구걸하는 사제 몇 명이 당나귀를 가지고 있었는데, 그 당나귀는 그들의 짐을 여기저기 운반해 주었다. 그러던 어느 날 완전히 지쳐버린 당나귀가 쓰러져 죽었다. 그래서 그들은 당나귀 가죽을 벗겨 북을 만든 뒤 북으로 사용했다.

얼마 후 그들을 만난 다른 사제들이 당나귀가 어디 있는지 물었다. 그들은 이렇게 대답했다.

"아, 그놈은 죽었지요. 그러나 살았을 때 얻어맞던 매를 지금도 똑같이 맞고 있는 셈이지요."

태어날 때부터 얻은 천성은 바꾸기 힘들다

352 눈먼 예언자

헤르메스는 테베*의 현자인 테이레시아스*의 예언 능력이 어느 정도인지, 눈 먼 그가 새들이 날아가는 형상에 따라 미래를 어느 정도 점치는지 시험해보고 싶었다.

그래서 헤르메스*는 사람으로 변장한 후 시골에 있는 테이레시아스 농장의 가축들을 훔쳐서 감췄다. 그런 후 테이레시아스의 집에 찾아가서 가축들이 없어졌다고 말했다.

테이레시아스는 헤르메스를 이끌고 테베 도시의 교외로 나갔다. 가축 도둑들이 어디있는지 새점을 치기 위해서였다. 테이레시아스가 물었다.

"당신에게 무슨 새가 보이지요?"

헤르메스는 왼쪽에서 오른쪽으로 날아가는 독수리가 보인다고 대답했다.

"그건 우리와 상관이 없소. 자, 이젠 또 무슨 새가 보이지요?"

헤르메스가 이번에는 나무가지에 올라앉은 붉은 부리 갈매기를 보았다. 그 새는 하늘을 쳐다보다가 태양을 바라보았고, 이어서 헤르메스를 향해 끼룩끼룩 울었다. 헤르메스가 새의 모습을 설명해 주자, 테이레시아스는 이렇게 말했다.

"바로 그거요! 저 붉은 부리 갈매기가 내 가축들을 돌려주는 것은 오로지 당신 손에 달려 있다고 하늘과 땅을 두고 맹세하는 거요."

* 테베 : 기원전 4세기 때 스파르타를 누르고 그리스의 맹주가 된 도시국가. 그리스어 명칭은 테바이.
* 테이레시아스 : 고대 그리스에서 가장 유명한 점술가.
* 헤르메스 : 도둑, 변론, 행운, 운동, 다산과 풍요의 신.

 신음하는 산

커다란 산에서 어마어마하게 으르렁대는 소리가 들렸다. 사람들은 산이 아이를 낳으려고 신음한다고 말했다. 그 소문이 퍼지자, 아주 먼 곳에서도 사람들이 구름떼처럼 모여들어 그 산

에서 무엇이 나오는지 기다렸다. 그들 모두가 가슴을 졸이며 오랫동안 기다렸지만, 쥐새끼 한 마리가 톡하고 튀어나왔을 뿐이었다.

소문난 잔치에 먹을 것 하나 없다

354 헤르메스와 대지

제우스가 최초의 남자와 여자를 만든 다음, 헤르메스에게 그들을 지상으로 데려가 농사 짓는 법을 가르치라고 명령했다. 그는 자기 임무를 완수했지만 땅이 말을 듣지 않았다. 헤르메스가 제우스신의 명령이라고 말하자 대지가 이렇게 말했다.

"정 그렇다면 좋아. 사람들에게 마음대로 땅을 파라고 해. 그들은 한숨과 눈물을 대가로 치러야 할 걸?"

남의 것을 쉽게 빌리는 사람은
고생을 많이 해야 그것을 갚을 수 있다

355 미인이 된 흰 담비

흰 담비가 멋진 젊은 남자에게 반했다. 그래서 사랑의 여신 아프로디테*에게 자기를 젊은 여자로 변신시켜 달라고 애걸했다. 여신은 그 애절한 사랑에 동정심을 느낀 나머지 흰 담비를 아름다운 여자로 만들어 주었다.

그녀를 보자 청년은 곧 사랑에 빠져서 자기 집으로 데리고 갔다. 그들이 신혼의 침실에서 쉬고 있을 때, 아프로디테는 방 한가운데 쥐새끼 한 마리를 풀어놓았다. 흰 담비의 성질

마저도 변했는지 알아보고 싶었기 때문이다.

흰 담비는 자기 처지를 깜빡 잊어버린 채 즉시 침대에서 뛰어내려 쥐를 쫓아갔다. 잡아먹으려고 한 것이다. 그러자 화가 치민 여신은 젊은 여자를 다시 흰 담비로 되돌려 놓고 말았다.

사악한 사람의 마음은 결코 변하지 않는다

* 아프로디테 : 사랑, 성욕, 아름다움, 바다의 여신. 맑은 날씨를 주어 식물을 자라게 하는 여신. 로마신화에서 베누스(영어로 비너스)에 해당하며 일리아드와 오딧세이의 작가 호메로스는 이 여신이 제우스와 디오네 사이에서 태어난 딸이라고 했다.

356 키 큰 사람과 작은 사람

제우스 신은 사람을 만든 후 헤르메스에게 사람에게 지능을 물처럼 부어주라고 지시했다.

헤르메스는 사람마다 똑같은 분량의 지능을 그 머리 위에 부어주었다. 그래서 키 작은 사람은 온 몸이 지능의 액체로 뒤덮여 머리가 좋게 되었지만, 키 큰 사람은 키 작은 사람들보다 머리가 좀 모자라게 되었다.

덩치가 크다고 해서
반드시 머리가 좋은 것은 아니다

357 개미에게 물린 사람

어느 날 돛단배가 바다 밑바닥으로 가라앉아서 배에 탄 승객들이 모두 익사하고 말았다. 난파선을 목격한 사람은 신의 명령이 불공평하다고 주장했다. 신은 불경스러운 사람 한 명을 죽이기 위해서 무고한 다른 사람들마저도 희생시켰기 때문이라는 것이다.

바로 그가 서 있던 자리에는 무수한 개미가 몰려 있었는데, 개미 한 마리가 그의 발등을 물었다. 그는 자기를 문 개미를 죽이기 위해서 나머지 개미도 모조리 죽여버렸다. 그러자 헤르메스 신이 나타나 막대기로 그를 때리면서 말했다.

"네가 개미들을 심판하듯이, 신들도 그렇게 사람을 심판한다는 것을 이제 알겠느냐?"

불행을 원망하지 말고 자신의 잘못을 먼저 반성하라

358 신의 목각상을 파는 장사꾼

어떤 사람이 헤르메스 조각상을 팔기 위해 시장으로 나갔다. 그러나 아무도 사는 사람이 없었다. 그는 손님을 끌기 위해서 헤르메스 목상이 엄청난 행운과 재산을 가져다준다고 외쳤다. 그러자 지나가던 사람들이 한마디씩 던졌다.

"흥! 말도 안 돼. 그렇게 좋은 거라면 왜 파슈? 당신이 가지면 부자가 될 거 아니오!"

장사꾼은 이렇게 대답했다.

"아, 그건 말입니다. 이 목상은 은총을 아주 서서히 내려주거든요. 전 지금 당장 현금이 필요하구요."

변명거리는 찾으면 얼마든지 나온다

359 헤르메스와 조각가

헤르메스는 사람들이 자기를 얼마나 존경하는지 알고 싶어서 사람으로 변장한 뒤 어느 조각가의 작업실에 찾아갔다. 그는 제우스 석상을 가리키며 물었다.

"이거 얼마요?"

"백 드라크마입니다."

헤르메스가 미소를 지으면서 또 물었다.

"모든 신들의 여왕인 헤라 여신은 얼마요?"

"그건 더 비쌉니다."

자기의 모습이 조각된 석상을 발견한 헤르메스는 마음 속으로 생각했다.

'나는 제우스 신의 전령인데다가 돈을 벌게 해주는 신이니까, 나를 가장 존경할거야.'

헤르메스는 부푼 기대를 안고 자기 석상의 가격을 물었다. 조각가는 이렇게 대답했다.

"제우스와 헤라의 석상을 사면 그냥 덤으로 드리겠습니다."

남을 무시하면 자기도 무시당한다

360 웅변가 데마데스

데마데스*가 하루는 아테네 사람들을 모아놓고 장황하게 웅변을 했다. 그러나 아무도 그의 말에 귀를 기울이지 않자, 어떤 사람이 그에게 이솝우화를 들려달라고 말했다.

그 요청을 수락한 그는 이렇게 말했다.

"데메테르* 여신과 제비와 뱀장어가 함께 여행을 떠났습니다. 그들은 강가에 이르자 제비는 공중으로 날아갔고, 뱀장어는 물속으로 뛰어들었습니다."

거기서 이야기를 마치자 다른 사람이 나와서 큰 소리로 물었다.

"여보쇼! 그럼 데메테르 여신은 어떻게 되었소?"

"여신은 당신들에게 엄청나게 화가 났소. 당신들이 국가의 중대한 일을 무시한 채 이솝우화 따위나 귀를 기울이고 있어서 화가 났단 말이요!"

사람들은 재밌는 이야기에 귀를 기울이지만,
정작 중대한 이야기는 흘려듣는다

* 데마데스 : 천한 집안에서 태어나 높은 지위를 얻은 아테네의 가장 재치 있는 웅변가. 마케도니아의 왕 필립을 지지하여 웅변가 데모스테네스의 적이 된 그는 기원전 318년에 반역죄로 안티파테르에게 처형되었다.
* 데메테르 : 곡식과 결혼의 여신. 제우스 또는 바다의 신 포세이돈 사이에서 딸 페르세포네를 낳았다. 로마신화에서 체레스에 해당한다.

361 전쟁의 신과 폭력의 여신

어느 날 모든 신들이 결혼하기로 합의했다. 그래서 각각 운명이 짝지어 주는 여신을 아내로 맞이했다.

제비를 뽑아 맨 마지막 차례가 된 전쟁의 신 폴레모스는 폭력의 여신 히브리스 이외에 다른 여신을 발견할 수 없었다. 그는 그녀를 뜨겁게 사랑하게 되어 결혼했다. 그래서 그녀가 가는 곳은 어디나 그가 따라다니게 되었던 것이다.

폭력이 있는 곳에는 늘 전쟁이나 싸움이 있다

362 분쟁과 싸움의 신

헤라클레스는 어느 날 좁은 길을 가다가 사과처럼 보이는 것이 땅에 떨어져 있는 것을 보았다. 그가 밟아 없애려고 하자 그것은 두 배로 커졌다.

그래서 더 힘껏 밟아대고 몽둥이로 후려쳤다. 그것은 점점 더 커져서 길을 완전히 막아버렸다. 영웅 헤라클레스는 몽둥이를 아래로 축 늘어뜨린 채 너무나 놀라서 입을 딱 벌리고 서 있었다. 그때 아테나가 나타나서 그에게 말했다.

"그만 해 둬라. 그건 분쟁과 싸움의 신이야. 혼자 그대로 내버려두면 원래의 모습으로 돌아가지만, 네가 대항해서 싸우면 그것은 더욱 더 커질 뿐이야."

분쟁과 대결은 부딪칠수록 더 큰 손해를 끼친다

363 재산의 신 플루토스

헤라클레스는 신으로 인정을 받아 제우스의 식탁에 앉게 되었다. 그래서 모든 신들에게 일일이 돌아가면서 절을 했다. 마지막으로 재산의 신 플루토스*에게 다가갔다. 그러나 헤라클레스는 두 눈을 아래로 내려 깔고 플루토스에게서 몸을 돌렸다.

크게 놀란 제우스는 헤라클레스에게 왜 다른 신들에게는 절을 하면서 플루토스에게서는 고개를 돌리냐고 물었다.

헤라클레스는 이렇게 대답했다.

"내가 지상에서 사는 동안 보니, 플루토스는 거의 날마다 사악한 사람들하고만 붙어 다녔기 때문이지요."

마음이 사악하면 존경의 대상에서 제외된다

* 플루토스 : 재산의 신. 크레타 섬에서 태어나 눈이 멀어서 사람들에게 좋은 선물과 나쁜 선물을 구분하지 않고 무분별하게 준다고 해서 그리스인들이 재산의 신으로 받든다.

364 난폭한 사람들의 영혼

"사람보다 짐승을 더 많이 만들고, 짐승 가운데 일부는 사람으로 변신시켜라."

제우스의 명령을 받아 프로메테우스는 사람들과 짐승들을 만들었다.

프로메테우스는 제우스의 명령에 충실히 따랐다. 그 결과 처음부터 사람의 형상을 갖지 못했던 짐승들이 사람의 형상으로 변하긴 했지만, 그 영혼은 짐승의 영혼으로 그대로 남아 있다.

난폭하고 야만적인 사람의 영혼은 짐승과 같다

365 마부와 헤라클레스

마부가 황소를 앞세워 마차를 몰고 마을로 가고 있었다.
마차가 깊은 골짜기에 떨어졌다.

그러나 마부는 마차를 끌어내려고 애쓰기는커녕 아무 일도
하지 않은 채 자기가 특별히 모시던 헤라클레스 신에게 도와

달라고 소리쳤다. 헤라클레스가 그에게 나타나 말했다.

"네 손으로 바퀴를 잡고 황소들을 때려라. 아무 일도 하지 않으면서 신들의 도움을 청하진 마라. 그런 식으로 신들에게 도와달라고 소리쳐도 아무 소용이 없다."

하늘은 스스로 노력하는 자를 돕는다

366 불평하는 참나무

참나무가 제우스 신에게 불평했다.

"우리는 결국 베어지기 위해서 자랄 뿐이지 살아도 헛사는 겁니다. 왜냐하면 우린 다른 나무들보다도 더 매서운 도끼날에 얻어맞거든요."

그러자 제우스는 이렇게 대답했다.

"그건 오로지 모두 너희 탓이야. 너희가 도끼 자루를 제공해주지 않았더라면, 그리고 목수들과 농사일에 너희들이 그토록 쓸모가 있는 것이 아니었더라면, 도끼는 너희를 건드리지도 않았을 테니까."

사람들은 모든 불행을 신의 잘못으로 돌린다

367 못생긴 여자 노예와 아프로디테 여신

못생긴 얼굴에 성질도 고약한 여자 노예에게 푹 빠진 주인이 있었다. 노예는 주인이 준 돈으로 몸을 치장하고 안주인과 경쟁했다. 그리고 사랑의 여신 아프로디테에게 끊임없이 제물을 바치며 자기를 아름답게 만들어 달라고 빌었다.

어느 날 꿈에 아프로디테가 나타나 이렇게 말했다.

"난 널 아름답게 만들어 줄 마음이 없어. 왜 줄 알아? 네 주인이 너를 애지중지 다루는 모습을 보면 질투가 나거든."

더러운 수단으로 재산을 모은 자는
오만에 눈이 멀까 조심하라

368 수치심

제우스가 사람을 만들고 나서 여러 가지 성질을 주었지만, 수치심을 넣어주는 일을 깜빡 잊어버렸다. 제우스는 수치심을 어떻게 사람에게 넣어 줄지 막막해서 수치심에게 직장을 통해서 사람 속으로 들어가라고 명령했다.

화가 머리끝까지 치민 수치심은 그렇게 할 수 없다고 버텼다. 그러다가 결국 수치심는 제우스에게 이렇게 말했다.

"좋아요! 들어가겠어요. 다만 한 가지, 에로스가 직장으로 들어와서는 안 된다는 조건을 걸겠어요. 그가 만일 직장으로 들어온다면 전 즉시 떠나버리겠어요."

그 후로 동성 연애자들은 수치심을 느끼지 못하게 되었다.

사랑에 눈이 먼 사람은 수치를 모른다

369 제우스와 여우

신들의 왕인 제우스는 여우의 지능과 융통성에 크게 감탄하고 그를 동물의 왕으로 임명했다. 그러나 제우스는 여우가 왕이 된 이후에 탐욕의 습관을 버렸는지 알고 싶었다.

그래서 동물의 왕이 된 여우가 가마를 타고 행차할 때, 제우스는 그의 눈 앞에 풍뎅이 한 마리를 풀어놓았다.

여우는 풍뎅이가 가마 주위를 어기적거리는 것을 보고 도저히 참을 수가 없자, 왕의 체면도 잊고 가마에서 뛰어나와 풍뎅이를 잡으려고 달려들었다.

그 모습을 보고 몹시 화가 난 제우스는 여우를 예전의 비천한 지위로 되돌려보냈다.

아무리 높은 지위에 있어도
인격이 낮으면 존경을 받지 못한다

370 디오게네스를 조롱한 대머리 남자

언젠가 대머리인 남자가 견유학파*의 철학자 디오게네스를 조롱한 적이 있었다. 그러자 디오게네스는 이렇게 대꾸했다.

"당신은 나를 모욕할 권리가 없소. 오히려 나는 당신 머리 가죽을 떠난 머리카락들이 똑똑하다고 칭찬하겠소."

제 허물을 모르고 남을 헐뜯는 사람은
오히려 더 큰 조롱거리가 된다

* 견유학파 : 소크라테스의 제자인 안티스테네스에서 비롯된 그리스 철학의 일파인데 금욕주의
  를 주장했다.

371 심판관 제우스

아주 먼 옛날에 제우스는 헤르메스에게 사람들의 죄를 조개껍질에 적어서 나무통에 넣어두라고 지시했다. 그것을 보고 사람들을 일일이 심판하려는 것이었다.

그런데 조개껍질들이 뒤죽박죽으로 뒤섞여, 어떤 것은 제우스 손에 빨리 올라가고 또 어떤 것은 늦게 올라가게 되어, 사람들은 그런 순서로 심판을 받게 되었다.

죄를 지은 사람들이
즉시 하늘의 처벌을 받지 않는 것은 이상할 것이 없다

372 불행한 일과 다행한 일

불행의 여신이 다스리는 악령들은 행운의 여신 밑에 있는 요정들이 나약한 것을 알고 심심할 때마다 공격하며 괴롭혔다. 그를 견디다 못한 요정들이 하늘나라로 올라가 제우스 신에게 물었다.

"불행의 악령들이 우리를 너무 괴롭혀서 더 이상 못살겠어요. 저희 요정이 사람들을 도와주고 싶어도 사람들에게 접근을 할 수가 없어요. 어떻게 해야 되죠?"

제우스 신은 한꺼번에 몰려가지 말고 한 번에 한 명씩 내려가서 사람을 만나라고 지시했다.

이렇게 해서 악령들은 지상에 머물면서 사람들을 언제나 못살게 구는 반면, 행운의 요정들은 하늘에서 하나씩 내려와야 하기 때문에 오랜 간격을 두고 가끔 사람들을 방문하게 되었다.

불행은 항상 우리에게 찾아오지만,
행운이 찾아오는 날은 참으로 드물다

373 날개 잘린 독수리

어떤 농부가 독수리를 잡아서 두 날개를 자른 후 마당에 놓아주었다. 닭들과 함께 마당에서 살게 된 독수리는 슬픔으로 고개를 숙인 채 아무 것도 먹지 않았다. 누가 보면 독수리를 감옥에 갇힌 왕이라고 생각했을 것이다.

어느 날 우연히 농장에 온 남자가 독수리를 사서 날개 부위의 깃털을 젖히고 몰약을 발랐다. 날개가 다시 자라기 시작한 독수리는 하늘 높이 날아가 산토끼를 발톱으로 채어다가 그 사람에게 선물로 주었다. 그 광경을 옆에서 모두 지켜본 여우가 독수리에게 말했다.

"그 선물은 두 번째 주인이 아니라 첫 번째 주인에게 바쳐야 마땅해요. 두 번째 주인은 착한 사람이지만, 첫 번째 주인은 악하거든요. 그러니까 첫 번째 주인에게 선물을 바쳐서 그가 또 다시 당신의 날개를 자르지 못하도록 예방해야 합니다."

은혜는 잊지 말고 갚아라

374 올림푸스에서 쫓겨난 모모스

제우스는 황소를 만들고, 프로메테우스*는 사람을 만들었으며, 아테나는 집을 지었다. 그들 셋은 모모스를 초대해서 자기들의 업적을 평가해 달라고 말했다.

그들의 업적을 질투한 나머지 모모스는 우선 제우스가 실수를 저질렀다고 말했다. 즉, 황소의 두 눈을 뿔 끝에 달아 황소가 치받을 목표를 미리 알아 보도록 했어야 마땅하다는 것이었다. 또한 프로메테우스는 사람의 마음을 몸의 바깥에 달아서 그의 사악한 성질을 누구나 알아볼 수 있도록 했어야 마땅하다고 말했다.

아테나는 집 밑에 바퀴를 달아서 마음에 들지 않는 사람이 이웃에 이사올 경우, 그 집을 밀어서 다른 곳으로 옮길 수 있게 지었어야 마땅하다는 것이었다.

모모스의 질투에 대해 화가 난 제우스는 그를 올림푸스 산에서 추방시켜 버렸다.

비평의 여지가 없을 정도로 완벽한 사람은 없다

---

* 프로메테우스 : 프로메테우스는 '먼저 생각하는 자' 라는 뜻이며, 그리스 신화에서 이아페도스의 아들이다. 하늘의 불을 훔쳐 인류에게 준 벌로 소아시아의 코카서스 산 바위에 쇠사슬로 묶여 독수리에게 간을 쪼아먹히는 형을 당했다. 후에 헤라클레스가 독수리를 죽여 그를 구해주었다.

찾아보기